GOBOOKS
& SITAK
GROUP©

GOBOOKS
& SITAK
GROUP ©

三日月書版

三日月書版

K U J I R A N O U M
輕世代 BL026
三日月書版
鯨之海
SEA OF THE WHALE
author. YY的劣跡
illust. あさ
4

SEA OF THE WHALE

鯨之海

Contents

KUJIRA NO UMI
characters
白璟(三胖)
性格：初期呆萌，中後期成長。性格衝動，容易認真，單純。
形態1
藍鯨
形態2
半人鯨
形態3
人類
SEA OF THE WHALE

慕白

性格：前期純粹獸性的掠食者思維，中後期稍微增加人類的理性思維。性格強勢，有些自戀。

形態1
大白鯊

形態2
半人鯊

characters

路德維希

性格：激進，固執，對人類充滿仇恨。為達目的不擇手段，甚至會採取傷害同胞的方法，實現自己的執念。

SEA OF THE WHALE

第五十六章　抉擇

「你才是世界之王！」

路德維希的話語十分具有煽動性。任何一個男性，都會因為這番話血脈賁張。更何況，在得知自己被所有人背叛後，有什麼比變得更強再回去狠狠報復，更讓人心血沸騰？

白璟的臉一半被瀏海遮擋，叫人看不清神情，過了許久，他的聲音才幽幽傳來。

「然後呢？」

他譏問：「變成那樣，我就可以隨意處置任何人嗎？也包括你？」

聽到白璟這麼問，路德維希不禁愣住了，隨即大笑。

「當然可以。當你擁有了超過一切的力量，還有誰能阻止你做你想做的事？不過，只怕到那個時候像我們這等身分的人，在你眼中不過是一粒塵埃，您又怎麼會在意？」

他已經開始對白璟使用敬語了。

然而聽到白璟耳裡，他想起了另一件事。

原來在這些強者眼中，弱者不過是蜉蝣塵埃，不值一提。

在慕白眼裡，以前的自己是不是也是這樣?所以他照顧自己，不過是一時性起，就像是隨時可以收回的施捨。

「把你知道的都告訴我。」白璟對路德維希說，「我想瞭解這顆海洋之心，以及更多的事。」

「當然，我一定知無不言，言無不盡。」路德維希道，「只要您願意帶領我們海裔，重振當年榮耀。」

「我要怎麼做是我自己的事。」白璟冷冷道，「你現在只有選擇說或不說的權利，其他由我自己判斷。」

「……如您所願。」

路德維希微微一笑，開始講述更多不為人所知的祕辛。

海裔、人類，最初的確是從不同進化支線上進化的種族。他們一個在陸地，一個在海中，本來不可能有交集，意外卻發生了，這個意外就是被普飛亞撿回來的無名少年。

因為至今不知道他的姓名，為了方便敘述，路德維希便給其取代號為X。

X不是人類，也不是海裔，沒有人知道他從哪裡來，他的出現，卻改變了整個星球的歷史。

「他將鬆散的原始海裔部落，締結為一個有著空前凝聚力的團體，他使海裔第一次有了族群的概念。他加快了海裔的進化速度，甚至發明了專屬海裔的語言，在同一時期，人類甚至連文字都沒有發明。而最關鍵的是——」路德維希的視線又投向了白璟，「他帶來了海洋之心。這顆擁有神祕磁場的寶石，才是海裔超速進化、建立輝煌文明的關鍵。超強的實力、用之不竭的資源，原本憑藉這一切，海裔早該統一這顆星球。」

路德維希的神情陰沉下來，「可是他偏偏，做了這世上最愚蠢的事。他竟然將海洋之心的祕密，與人類分享。」

人類？

白璟心臟撲通一跳，這就是亞特蘭提斯遺址裡有如此多兩族共居痕跡的原因嗎？數萬年前，人類與海裔的確曾和睦生活過一段時期，那麼後來，究竟發生了什麼？

「關於亞特蘭提斯毀滅的歷史，沒有人知曉。現代海裔可以追溯到的最久遠的記憶，已經是登上陸地以後了。其中真正的祕密，我想也許只有——海裔的首領，歷代的普飛亞知道。」

「普飛亞是一個稱號，不是名字？」白璟眉毛挑了一下。

「是稱號，也是名字。相傳只有海裔的最強者可以繼承這個稱號，並同時繼承歷屆首領的記憶。從某個方面來說，每個普飛亞都擁有相同的記憶傳承，也可以認為是另一種意義上的永生。」路德維希說，「普飛亞是海裔的首領，找到他，才能解開許多未解之謎。我們數百年來一直在尋找他，沒想到，他出現在了你的面前。」

——是慕白！

白璟呼吸一窒，他突然想起來，曾經自己詢問大白鯊的真名時，大白鯊半推半掩地說，只有最親密的人才有資格知道他的名字。

後來大白鯊一直用白璟幫他取的名字，白璟還以為，這是兩人之間的默契，至於大白曾經的真名，已經無關緊要。

誰想到一個名字背後，還隱瞞著這麼多的事！

慕白、普飛亞、海裔首領……

白璟覺得自己需要好好冷靜一下。

看出白璟的動搖，路德維希笑了笑，繼續道：「你真的瞭解那隻大白鯊嗎？以為他是天真無害的海洋生物？我可以告訴你，早在半個世紀前，人類就發現了他的蹤影。在南極、南美洲、大西洋、百慕達，任何一個有著懸疑的地點，都出現過他的身影。每一次他出現，大災難的速度就更加快一點，這也是為什麼人類這麼害怕他……」

「大災難？」白璟抬頭，「你指的是什麼？」

路德維希莞爾一笑，「當然是指末日。二十世紀，二十一世紀，直到現在，連續三個世紀，民間都一直有關於世界末日的傳聞，你以為這些都是空穴來風？」他輕笑了一下，「不，或許不該說是世界末日，而是人類的末日。」

「大災難。」

伸手扶住有些站不穩的身軀，衛深咳嗽了一聲，繼續道：「你們進入這個研究小組，想必都知道這件事。今天和我們來到大西洋的人，也大多聽聞過它的名字。雲婷，妳能告訴我，妳是怎麼理解大災難的嗎？」

「呃，我聽說，那會是一場天地異變。」李雲婷猶豫著說，「受地殼運動、溫室效應，還有宇外因素的影響，在未來三個世紀，地球百分之九十的面積將會被海水覆蓋。各國研究機構，一直都在密切關注著各項資料，想要計算出大災難來臨的準確時間。」

地球如今有七十多億人口。

百分之九十的面積被海水覆蓋，意味著這數十億人得縮在不到百分之十的陸地空間內。其中，還要排除不適合人類生活的地區，以及為了果腹也要劃分出一定的動植物養殖區域。多次分割下來，狹小的空間根本不夠數目龐大的人類生存。

到時候，為了爭奪稀少的生活資源，人類很可能又會爆發內戰，互相爭奪廝殺，直到將這個種族徹底毀滅。

對於人類來說，這可稱為《聖經》記載之後的又一次滅世洪水。

「是百分之九十九。」

衛深又咳嗽了一聲，「最新的計算結果顯示，時間又縮短了。我們只有不到一個世紀的時間做準備，前提是，大災難不會提前來臨。」

李雲婷呆住了。

任誰被告知本可能在你曾曾孫子時代才來臨的末日，突然提前到了明天，心裡都會猝不及防。

「所以你就與那個傢伙合作？」一直沒有出聲的李雲行冷冷道，「據我所知，近半個世紀來，每次大災難日期的提前、地球磁場的異變，都與他有關。我不相信他對人類抱持善意。」

「實際上，我也不相信。」衛深微微一笑，「但是，我相信另外一個人。如果是他，也許會願意助我們一臂之力。」

李雲婷瞭然：「你說小璟？那你為什麼又要與剛才那個傢伙談合作，直接把事情告訴白璟不就行了？」

「不行。」衛深斷然拒絕，「在白璟還沒明白海洋之心的真正作用之前，告知真相只會害了他。而且……」

他在心底微微嘆息一聲。

不到走投無路，他不想讓白璟知道自己身上背負著多麼重的期望。

哪怕目的不純，白璟畢竟從一出生開始，就背負著屬於人類與海裔的共同希望。因為海裔，無法真正在陸地上延續。

「人類，無法在海洋裡生存。海裔與人類的矛盾在這個世紀變得劇烈，一是因為他們想從我們身上獲取在海洋中生存的祕訣，二是知道一旦機會來臨，海裔絕不會任由他們魚肉。」

路德維希說：「而那一位……」他頓了一下，「我不知道他屢次擾亂人類計畫，並多次提前大災難的日期究竟所圖為何。不過我猜測，也許是為了報復。」

「報復？」

「你不知道？」路德維希壓低聲音，「據傳，X是因為被人類背叛才會死去。作為他最親密的愛人與伴侶，普飛亞能忍得住不向人類復仇嗎？如果普飛亞的記憶真的是代代傳承，對於人類的痛恨就會一直埋藏於他心中。

「在海裔弱勢、人類強大的現代，就算是海裔首領，又能如何向人類復仇？這個問題，在你出現時有了解答。所以現任普飛亞圈養你，是因為僅僅憑藉他的力量無法實現目的，他不過是把你當作復仇的工具罷了。」

白璟第一次感受到了深海的水壓沉甸甸地壓在心頭是什麼滋味。

他的心中天人交戰，一個聲音告訴他不要相信路德維希，又有一個聲音在說，如果路德維希說的都是真的呢？

如果是真的，該怎麼面對慕白？

不，也許該尊稱他為海裔首領普飛亞。

深吸一口氣，沉思良久，白墣看向路德維希。

「如果我想要使用海洋之心真正的力量，告訴我，該怎麼做？」

第五十七章　重逢

「一旦白環明白海洋之心的真正意義，我想，他會理解我和他母親這麼多年所做的一切。」

這是衛深站在甲板上留給李家兄妹的最後一句話，隨後他便獨自走回船艙。明明才過半百，背影卻看起來宛如耄耋老人，也許背負了太久的祕密，已經耗盡了他的精力。

而此時，離談話開始不過才十分鐘，對於李家兄妹來說，卻像是過了一個世紀那麼久。

「我還是不敢相信，老大他竟然是海裔。」李雲婷嘆息著說，「不過這樣也可以理解，為什麼從很久之前開始，只有我們實驗室從來不進行海裔實驗。」

「老大是不是海裔已經無關緊要了，現在，最重要的是白環。」李雲行一托鏡框，「別忘了，路德維希現在很可能和他在一起，還有那個海裔首領。如果他們三個在亞特蘭提斯見面，白環得知那隻大白鯊欺騙他的事，路德維希又在一旁煽動離間……妳覺得如果那個怪物認為白環要離開，他會怎麼做？」

「他肯定不會解釋……」想起慕白在南極犯的重案，又想起他對白璟可怕的控制欲，李雲婷忍不住打了個寒顫。

「妳的預感是正確的。」李雲行看了她一眼，「萬一他們在亞特蘭提斯鬧出爭執，可能會波及整個大西洋，甚至是……」

不敢細想，就已經可以預見到未來的慘狀。

難道世界就要因為一對鯨鯊夫夫的吵架，而滅亡了嗎？

我的生命建立在這麼脆弱的基礎上，真的可以嗎？

李雲婷欲哭無淚，這時候又聽見她哥說：「事情還有轉機。只要白璟能夠顧全大局，未必就會發展成那樣，前提是那隻大白鯊別真的發瘋。」

「祈禱吧。」

祈禱似乎不奏效，某隻尋鯨路漫漫的大白鯊已經處在精神失常的邊緣了。

白璟，白璟，白璟，白璟！

慕白反覆念著這個名字，心跳得快裂開。

明明處在深海之中，卻覺得喉嚨乾渴到快要燃燒，從身到心，從來沒有誰讓他如此焦灼——除了那隻總愛惹事的藍鯨！

無論是繼承記憶以後，還是在繼承記憶之前，慕白從未遇到過如此挑動自己的存在。明明一開始就知道不該和對方有太多接觸，不應該被吸引，但是被深海冰寒凝凍了數萬個潮汐的心，還是擋不住一隻跌跌撞撞闖進來的藍鯨。

但是慕白從來沒有後悔。

他可以為此放慢步調，為了白璟放棄自己的堅持，甚至也可以為了他與討厭的傢伙合作，唯有絕對不容許白璟脫出自己掌控。

他只能是我的藍鯨。

大白鯊用力咬了咬牙，眼中露出寒芒。

——無論他願不願意。

與此同時的海底世界亞特蘭提斯，白璟和路德維希等人，還不知道一個殺氣騰騰的大殺器，正往他們這裡趕來。

「海洋之心的真正用法？」路德維希微笑，「看來你已經想明白了。」

「沒有什麼明白不明白。」白璟說，「我只是知道，不應該讓命運掌控在別人手裡。與其被動，不如主動。」

「你願意與我合作？」

「兩個前提。一，我要知道，你幫助我的目的是什麼；二，我要確定你不是在欺騙我。」白璟看向他，「作為一個血統不純的海裔，你會知道海洋之心的真正使用方式？」

他這句話幾乎算是挑釁了。

路德維希的眉角抽搐了一下，顯然動了肝火，卻不得不忍耐下來。

「我的目的很單純。」他說，「任何可以使海裔恢復往日榮耀的人，我都願意無私幫助。而之所以瞭解海洋之心的用法，別忘記，我也在人類的實驗室潛伏了多年。不得不承認在科技方面，陸地上的人類還是很有天賦。至於你是否選擇相信我，就由你自己來判斷，不過我想，目前你也沒有比我更好的盟友。」

「那麼，我再問你最後一個問題。」

「請。」

「當時你們為了設計追捕我而捉拿的白家海裔，現在怎麼樣了？」

路德維希一愣，臉上露出困惑。

「白家？」

「不，你不用回答了。」白璟見狀，對他微笑，「我已經知道答案。」然後，他在路德維希疑惑的眼神中，將手伸向對方。

「希望我們合作愉快。」

「……合作愉快。」路德維希將那個莫名其妙的問題拋諸腦後，「我先向你解釋海洋之心與周圍其他能量力場的核磁共振原理。」

白璟一臉無語：「謝謝，我雖然學位挺高，但是文理之間如隔太陽系，還是請你言簡意賅地說明。」

「總而言之，想發揮海洋之心的最大能力，就得先讓它的頻率和你體內的基因頻率保持一致，在兩個波長重合的情況下……」看見白璟還是一臉茫然，路德維希嘆一口氣，說了一個字，「想。」

「什麼？」

「放鬆你的意識，想像著讓海洋之心的脈動融入你的意識，便可以和它融為一體。」路德維希緩緩道。

看見白璟真的依言照做，他的嘴角不由得微微掀起。

從始至終，嘶嘶噠一直站在旁邊，事不關已地盯著他們。

「對，放鬆。感覺你彷彿是在一個溫暖的地方，讓它慢慢進入你……」

白璟忍不住吐槽：「你能不能別解說得這麼引人遐想？」

路德維希微笑致歉，同時也看出，能開玩笑，就代表白璟是真的相信了他。他對這一點很滿意。

看著眼前黑髮黑眸的混血兒，路德維希眼中再次染上狂熱。

我的確會幫助你。他對自己道，我會讓你成為這世上最強大的海裔，而前提是，需要你放棄一些無用的東西。

白璟看似毫無防備地按照路德維希的指示，放鬆自己的精神。

「我知道海洋之心在你體內，你和它應該已經建立了最基本的聯繫。」路德維希說，「現在要做的，不過是放出你的意識去感受它的位置，然後將它包裹起來，感受裡面蘊藏的能量。」

按照他的指示，一切進行得很順利。路德維希壓抑住難耐的心緒，靜心等待著一個奇蹟的誕生。

快了。他想，在自己親手製作的神明的威力下，那些人類和那驕傲自大的大白鯊，都會覆滅於他的手裡。

就在路德維希迫不及待地期待成果時，冥思中的白璟顫抖了一下。

「怎麼了？」路德維希連忙問。

「沒，只是腦袋感覺有點痛，它似乎在牴觸我接近。」

路德維希皺眉：「不應該會出現這種情況。」

白璟突然呻吟一聲，睜開眼睛，似乎十分痛苦，下一瞬間抽搐著摔倒在地。

路德維希大驚失色，上前將他扶起：「怎麼回事？」

難道是他的計畫哪裡出了意外？不可能！

「會不會是……」白璟在他懷裡虛弱地喘氣，上句不連下句地道，「因為……」

「因為什麼？」

路德維希俯身傾聽。

「因為──」原本虛弱的白璟突然反擊，一隻手死死地掐住路德維希的脖子，另一隻手將他的雙手反扣在身後，「當然是因為我在騙你啊，白痴！」

局面登時顛倒，路德維希萬萬沒想到，白璟竟然會假意示好。或許是自以為掌控了局面的傲慢，使得他喪失了警戒心。

「你以為我會上當，被你蠱惑？」白璟笑呵呵道，「我不是跟你說過嗎？我不會讓自己的命運操控在別人手裡。」

「你……咳。」身體因為對海水的排斥反應還很虛弱，病弱的路德維希此時不是白璟的對手，他低吼，「還不快來幫我！」

明顯是在對噺噺噠下令。

白璟瞬間也意識到對方還有一個幫凶，正準備戒備，卻發現噺噺噠根本沒有看向他們這邊，而是望向神殿之外，亞特蘭提斯城的入口。

而他的雙腳也朝著……等等，雙腳？

白璟後知後覺，這才意識到自己一直忽略的問題。噺噺噠不是虎鯨嗎，就算能變成海裔，他的腳是怎麼變出來的？開玩笑，就連大白都沒有腳的好不好！

「他來了。」噺噺噠低聲說，眼神戒備。

他說了這句莫名其妙的話，就背對他們，站在神殿門口不動了。好像比起這裡的騷亂，即將到來的某個傢伙，更讓他如臨大敵。

誰來了？在深海，還有誰有能力進入亞特蘭提斯？

白璟正在猜測，下一秒，轟隆一聲，海底古城的上空被砸開一個巨大開口，海水凶猛地倒灌進來，轉眼淹沒了半個城區。

看情形，海浪還有越演越烈的趨勢。

等等，海底怎麼可能湧起這麼大的浪潮？不會是……

「白璟。」

不見其人，先聞其聲。

還沒看到那個熟悉的影子，白璟就聽到了闊別已久、屬於某隻大白鯊的獨特嗓音。

他循著浪潮望去，只見漫天幽暗下，一個銀色的影子彷彿夜空墜落的星辰，落入他的視線裡。

「大白！」

他還沒來得及欣喜，就意識到慕白有些不對勁。

大白鯊的眼睛本就是純黑，但以往這片夜空裡總夾雜著細微的星碎，尤其是在

與白璟說話的時候，他眼睛裡就像是有星辰在跳躍。

如今，慕白的眼裡只看到了一片漆黑。

沒有其他。

第五十八章　異變

「你都已經知道真相了？」

慕白出聲問，氣氛有幾分陰沉。

「當然知道。」

「你發現我的祕密了。」

「即使你隱瞞得再深，也遲早會發現。」

「你……恨我嗎？」

「這種情況下，不可能不恨吧。」

「我要吃了你。」

「等等，等等！你們的對話能不能讓我插一句嘴！」

白璟惱怒地打斷了這段詭異的對白，對懷裡被自己勒著脖子的路德維希道：

「你的命還在我手裡，老實點。」

他又抬頭對大白說：「吃吃吃，就知道吃！你是剛從南極放出來的囚犯，餓瘋了嗎？」

路德維希和慕白同時愣了一下。

隨即，路德維希笑：「我只是在幫你回答他的問題。」

「謝謝，你也知道那些問題是在問我，請不要擅自代表我回答。我只看出你在添亂。」白璟皮笑肉不笑。

「有嗎？」路德維希聳肩，「難道他剛才問的那些，我回答得不正確？一個抱著利用你的心思接近你的傢伙，你不會到現在還相信他吧？」

白璟想，說實話，確實是有點生氣。

「而且他還很可能把你當成了X的替身。教唆你來亞特蘭提斯，卻不告訴你真實目的。控制你的行動，不允許你做許多事，卻從沒有向你解釋過他要做的任何事。甚至從一開始接近你，就是他早有預謀的算計。就算以上你都原諒了他，你怎麼確保他以後不會隱瞞你更多事？」

仔細想想，路德維希說的話的確有部分道理。

白璟心裡有火苗竄了上來。自己費心費力游了一個多月才到大西洋，就是抱著早日從南極救出大白的想法，誰知道這傢伙根本不需要救，背後還藏著這麼多祕密，頓時有種委屈和憤怒交織的感覺。

就算不中路德維希的挑撥離間之計，也得給大白一點教訓，讓他下次不能再這麼騙我。

於是他抬起頭來，看著對面的慕白，說了這輩子他最後悔的一句話。

「這傢伙說的沒錯，大白，你背著我做那些事，真的挺討厭的。」

有什麼話不能說明白嗎，有陰謀我們一起幹啊！偏偏讓我成為最後一個知道真相的人，真是想想眼淚都要掉下來。

白璟本來只是準打算抱怨一下，他平時與慕白吵架，也沒少這麼傲嬌一下。

沒想到——

「討厭？」

慕白的聲音通過意念傳來，帶著一股隱藏得很深的壓抑。

白璟還沒發現不對勁，下意識地點點頭：「對啊，我最討厭你騙我。如果有隱情，你直接跟我說就可以了，何必……」

他囉囉嗦嗦了一大段話，卻幾乎沒有鑽進慕白耳中。大白鯊唯一聽見的，只有最開始的幾個字。

「我最討厭你。」

啪！腦袋裡彷彿有一根弦斷掉了。

壓抑了許久的擔憂恐懼，伴隨著憤怒，徹底燃燒盡慕白的理智。

在慕白身後，被某種力量控制的海潮慢慢形成一個巨大的漩渦，漩渦越變越大，一扇石門被席捲入內，只眨眼間，便被漩渦的力量撕得粉碎。

「嘖。」嘶嘶噠咋了一下舌，「你挑撥他幹什麼？」

挑、挑、挑什麼？我只是隨口抱怨了幾句，沒想到後果這麼嚴重啊！

白璟張口結舌。

「快走。」

嘶嘶噠一個箭步擋在他們身前，看著銀髮在背後根根飛起、怒張如翼的慕白。

「他現在沒有理智可言。」

「沒有理智？可是為什麼……」

白璟掐著路德維希脖子的手有些顫抖，海浪裡飛舞的大白實在是太可怕了。尤其被那雙漆黑無神的眼睛盯著，總覺得渾身汗毛都要凍結。

「還不是因為你說了你討厭他？」嘶嘶噠不贊同地看了他一眼，看向慕白的眼神又有些同情，「被伴侶單方面宣布斷絕關係，誰冷靜得下來？」

資訊量好大……

先不說莫名其妙的伴侶身分，我也沒說和大白要斷絕關係啊！白璟腹誹著，就算真和大白鬧不合，也肯定是他嫌棄我，而不是我嫌棄他！

路德維希幸災樂禍地笑：「在海洋原生海裔的概念裡，表達感情很直白，喜歡就是喜歡，討厭就是討厭，你親口說討厭他，自然會讓他以為是絕交的意思。」

簡單講，就是白璟傲嬌說了句：我討厭你這個做法，不改正的話下次就不和你玩了。

慕白：老婆要和我分手，老婆要和我分手，分手，分手……不想活了！都別活了！

明白後的白璟欲哭無淚，文化差異害我！

「快走！」

嘶嘶噠又在催促，白璟看見他臉上浮現出黑白的紋路，下半身也隱隱開始變形。

「這裡馬上就會被淹沒，趁我擋住他的時候，你帶著路德維希離開。」

白璟翻了個白眼，帶著他離開？我不把他扔海裡就不錯了！

「讓他活著，你會感激我的。」

海水已經蔓延到了腳部，嘶嘶噠說話時已經化身半人鯨，向慕白迎了過去。

「哎，好好說話，別打架！能勸還是盡量勸，不到最後關頭，我們不能放棄大白！」白璟扯著嗓子高喊。

「談判？」路德維希冷笑，「如果談判有用，美軍就不會派出一整支艦隊追捕他了。而且他現在神志已失，就算你上去，都會被撕成碎片。」

路德維希判斷的沒錯。連續使用高強度的能量，又一路不休息地奔赴大西洋，慕白的精神已經緊繃到極點。而白璟的分手宣言，就成了壓斷他理智的最後一根稻草。

「砰，砰，砰！」

慕白與嘶嘶嗟交手，登時地動山搖，整個海底之城搖搖欲墜。白璟站在原地，擔憂地看著打得不可開交的兩人，不知如何是好。

「我建議你離開，這才是對他最好的選擇。」路德維希提醒道，「你體內有海洋之心，海洋之心陪伴在他身邊很久，早已認主。這時候它感受到主人的憤怒，只會受其感染釋放出更多能量，再次刺激他的精神。這樣惡性循環下去，等待我們的只有死路一條。」

白璟一咬牙，最後看了大白一眼，就朝出口游去。此時海水已經蔓延到腰部，白璟變身為半人鯨，拎玩具一樣拎著路德維希。

亞特蘭提斯遺址太過古老，一不小心就會坍方，還是先出去，再找個機會對大白解釋清楚。

沒想到他沒游兩下，身後就傳來一聲鯨鳴，白璟清楚聽出了其中痛苦的意味。

回身一看，只見變作虎鯨的嘶嘶噠根本不是慕白的對手，白色的腹部被慕白劃開一個巨大的傷口。

更可怕的是，慕白似乎還要循著這傷口，將嘶嘶噠開膛剖肚。

「住手！」白璟驚呼。

慕白聞聲抬頭看了他一眼，冰冷的雙眼裡沒有任何感情色彩。

鋒銳的指甲毫不停留，更進一步刺入嘶嘶噠的血肉中，白璟聽到了皮開肉綻的聲音。

真是忍不下去了！白璟暗道。

下一秒，路德維希只覺得抓著自己的力道一鬆，接著他便趴在了藍鯨青藍色的背脊上。

「**自己抓緊。**」鯨三胖命令一聲，便整隻鯨向慕白撞去。

狂化狀態的慕白，似乎連鯨三胖都不認識，抬起手一個巨大漩渦就擋在身前，等著藍鯨自投羅網。

白璟根本沒有理他，與慕白擦肩而過，狠狠撞上大白鯊背後的石柱。

喀啦！有什麼碎裂的聲音，在幽暗的空間內響起。

轟隆隆隆——

只見石塊紛紛墜下，砸在亞特蘭提斯的舊址上。原本起著遮蔽作用的海底城市的頂基徹底崩潰，海水倒灌而入，將保存了萬年的遺跡沖刷無痕。

交錯複雜的小道、林立櫛比的石屋、孤傲獨立的金字塔，彷彿昨日還有人在這裡生活，一夕之間，便在海水的傾蓋下徹底掩藏於無人可知的深海。

破開天頂後的海水衝擊，也成功將慕白和嘶嘶嗟沖散。藍鯨背著路德維希，口銜著虎鯨的尾鰭，帶著兩個傷病患拚命游向海面。

在他背後，被海水衝擊失神少許的六親不認・喪失理智・不想活了・大白，一甩尾巴，緊追了上來。

媽呀，三胖幾乎要流淚了。

誰能理解我此時拖家帶口，逃離大白鯊追殺的心路歷程啊！

第五十九章　是你

「前方偵測到巨大能量反應！」

「持續高能警報，警報！」

「偵測到的力場在哪？」

「深海，推測一千公尺以下，還在持續擴大，不，力場正在朝我們接近！」

接到情報的衛深，還沒做出下一步抉擇，就看到幾百公尺外噴出一道高高的水柱。隨即，藍鯨在大西洋海岸，露出了牠雄偉的身軀。

「是白璟！」

衛深脫口而出。

「老大，怎麼回事？」

李雲婷和李雲行也趕來了。

「那是小璟嗎？海底究竟發生了什麼，我們不是在等他們的消息？」李雲婷眼尖地發現，「他背上好像還背著一個人，嘴裡還有一隻虎鯨。天啊，我不知道藍鯨竟然會吃虎鯨！」

「亂叫什麼？」她哥白了她一眼，「情況很明顯，那是路德維希和另一隻海裔嘶嘶噠，白璟把他們救了上來，看來是他們在海底遭遇了襲擊。」

來自誰的襲擊？

兩人對望一眼，答案不言而喻。再看衛深，他對這個場面並不感到意外，而是早有所料。

「老大，有些事情你好像還是瞞著我們。」李雲行抱臂看向衛深，「難道這就是你說的坦白？你之前和那隻大白鯊交易時，還藏了我們不知道的祕密吧。」

衛深嘆了口氣：「你們遲早會知道的。快去，先把白璟他們帶上船，我們得立刻離開。這裡馬上會變得十分危險。」

「危險？」

衛深意味深長道：「失去理智操控的力量，對任何人來說都很危險。」

三胖好不容易擺脫大白鯊的追捕，浮出海面，呸地一下就把嘶嘶噠吐了出來。

虎鯨真難吃，血也難喝，塊頭又大，不方便攜帶。這傢伙怎麼這麼麻煩呢？

正在他這麼想時，受傷昏迷的嘶嘶噠變為人形，靜靜地「躺屍」在海面上，與旁邊暈海的路德維希相互映襯，真是好一幅和諧畫面。

「小璟！快上船！」

就在他吐槽時，附近傳來熟悉的呼喚。三胖抬頭，看見李雲婷坐在一艘小型救生艇上，朝他揮手。

「快上來，我帶你們離開！」

想起還在追趕的大白，三胖猶豫了一下，變作人形上了救生船。嘶嘶噠和路德維希，也隨之被拉上。

而藍鯨變身的場面，也被附近其他人目睹了，以至於白璟從救生艇登上船艦的時候，受到了不少注目禮。

「衛叔叔，李雲行，雲婷。」白璟看著眼前三人，滋味複雜。

他沒詢問他們為何會出現，就像他們也不會問他和大白的關係一樣，有些事情不需要說得那麼清楚，各自明白就好。

衛深直接開口：「你見過他現在的樣子了？」

話沒有直接指向誰，但是在場每個人都明白他的意思。

白璟也不對他怎麼知道慕白的事追根究柢，而是點了點頭：「我覺得他現在的狀態很不對勁，不僅聽不進去我的話，似乎連意識都喪失了。路德……這個傢伙說，是因為受了過度的精神刺激。」

衛深搖了搖頭：「不是那麼簡單的事。」他又問，「你這次看見的是他哪一個形態？」

「半人半鯊。」

「和以前有什麼不一樣？」

白璟仔細想了想：「臉上好像多了斑紋，與其說像人，臉部更偏向鯊魚。」

他剛才怎麼沒發現，這次大白的半人鯊形態明顯有些異樣之處，以前只是有鰓裂，現在更像是整張臉都朝鯊臉進化了！

「時間太快了。」衛深皺眉，「告訴駕駛艙，全速前進，盡快找到合適的港口靠岸。我們不能再停留在海上，這樣下去，遲早會落入他的掌心。」

「衛叔叔！」白璟一把拉住他，「我可以什麼都不問，我只想知道一點，你知道大白之後會變成什麼樣嗎？」他緊緊抓著衛深的衣袖，確信這位長輩知道許多他探尋不到的祕密。

一時之間，三個年輕人的目光，都投向了衛深。

「我可以全部解釋清楚，但是，還是讓我們先逃過眼前這一劫。」

他指向遠處，只見在海面中央，一個如同黑洞的漩渦逐漸成形，似乎要將附近的一切事物吞噬進去。附近的船隻抵抗不了吸力，猶如即將滑入深淵的落葉。

「是慕白……」白璟憂心忡忡地望著海面。

「海洋之心還在你身上嗎？」衛深說，「隔絕它與外界的聯繫，這能幫我們爭取一點時間。現在他的力量主要還是源於海洋之心，一旦能量本源被隔開，他就會暫時失去操控海水的能力。這段時間足夠我們逃離了。」

白璟深深看了他一眼，隨即，用意念將體內的海洋之心包裹起來。在感受到它的反抗後，白璟又試了幾次，果然，隨著能源核心被隔離，海面上恐怖的漩渦也逐漸縮小、消失。

「只有數個小時！在他徹底蛻化之前，我們得登上陸地！」

衛深對所有人道，尤其是看向白璟。

「其實一直以來我們都有很多話要對你說，我……和你的母親。」

白璟的瞳孔瞬間縮緊，他屏住呼吸，只感覺太多的意外一同襲來，他已經不堪重負。

數小時後，艦隻駛入直布羅陀海峽，慕白帶來的恐怖威脅暫時遠離了眾人。會議室昏暗的燈光下，聽完衛深冗長敘述的幾人，都是一副魂歸天外的表情。

「你的意思是，那隻大白鯊，不，海裔首領之所以會精神失控、能力失常，其實早有預兆？」

「他之前幾次故意引發異兆，使得大災變日期提前，只是因為他自知命不久矣，想在逝世之前親眼目睹人類滅亡。」

「白璟是你們特地培育出來的混血海裔，完美繼承了遠古的能力，所以他可以對精神失控的海裔首領起到安撫作用。那麼，白璟就是他的鎮靜劑？還有把海洋之心交給白璟，竟然是為了——讓他成為下一屆海裔首領？」

李雲婷一臉不敢置信，拍案而起。

「我感覺自己在看八點檔都不如的狗血連續劇！」

衛深苦笑：「海裔首領，或者說歷代普飛亞，一般都是純血海裔，他們的基因缺陷比普通海裔更嚴重。何況他們身負的強大能力和繼承了數百代的記憶，往往會導致他們的精神不堪重負。在這一任普飛亞之前，以往的海裔首領都會在知道自己的死期時默默前往南極的海底墓場。本來，慕白——」他說這個名字時，看了白璟一眼，對方沒有任何反應。

「本來慕白也是如此，但是二十多年前，我碰巧在南極遇見了他。那是我第一次見到純血海裔，純粹自然的美、無與倫比的強大，那種震撼一直到今天我都無法忘記。而知道了他的命運後，我一直在想我能為海裔做些什麼，能為他做些什麼？」

「所以白璟成了你們的實驗品，一個隨時會發瘋的瘋子的鎮靜劑？」李雲婷冷嘲道。

「我承認，最初的確考慮不周，但是自從白璟出生，一切都不一樣了。我在他身上發現了另一種可能，一種可以平息人類與海裔的鬥爭、締造一個屬於人類與海裔共同生活的可能。」衛深說，「慕白原本不在這個計畫內，他仇恨人類，唯一的願望就是親眼目睹人類滅亡，可以說遇見白璟以前的慕白，甚至會是這個計畫的阻力。但是，之後發生的事……」

「之後，你讓我去了南極。」一直沉默到現在的白璟，終於開口，「遇見慕白，甚至遇見路德維希，都是你們策劃好的？現在想來，慕白當時附身在李雲行身上，周圍熟悉他的人竟然都沒發現不對勁，未免太過巧合。而後來，他瞞著我去做的事就是與你見面談判，是不是？」

「是，也不是。」衛深坦率承認，「讓你體內的海裔基因覺醒，在南極以藍鯨的身分現身，是我的目的，不是慕白的。他是初次在南極遇見你的時候，才知道你的存在。後來你繼承遠古的特殊能力引起了他的懷疑，漸而牽扯到我身上，他才來找我談判。」

不得不說，即便在還不會說人話的時候，慕白也比白環聰明了好幾百倍。

在白環傻乎乎地將衛深他們當作好人好事代表時，慕白早已開始懷疑衛深——他們兩個甚至沒見過幾次面！

「談判？」白環嘲諷道：「你說慕白仇恨人類，而你想打造的是兩個種族共存的伊甸園，目的不同，你們會有談判的基礎？」

「有，就是你。」衛深看了他一眼，「我之所以有談判的籌碼，是因為慕白心中最重要的位置上，放的是你。」

第六十章　蛻變

港口夜風傳來濃烈海腥味，不免讓人聯想到跨過地平線那一端的世界。鮮活的記憶不斷在腦海翻滾，更加令人無法冷靜。

白璟浮躁地在甲板上走來走去，海風沒有吹去他的煩躁，反而帶來了更多煩惱。

不遠處，燈塔的燈光時隱時現，投射到漆黑的遠方。港口內的專用直升機升降臺一片燈火明亮，所有人都在為即將到來的重大事件忙碌著，只有白璟，滿心煩躁，卻又無所適從。

他沒有下船。不知為何，李雲婷喊他到岸上休息的時候，白璟下意識地拒絕了。大概是因為他還記得曾經對慕白許下的諾言——不會再登上陸地。哪怕與他立誓的慕白，現在早已忘記了這個承諾。

「心情不好嗎？」

身後的黑暗傳來一個人的聲音。

白璟回頭，是李雲行。

「是你啊。」他嘆氣，「你們這麼忙，你還有時間來理我？」

「也沒什麼好忙的。」李雲行說，「路德維希交給其他人看管，他現在重傷在身，出不了什麼亂子。至於那隻虎鯨海裔，他比路德維希好說話，不用我們操心。其他的事有衛深負責，他才是我們的全權負責人。」

衛深？提起這個名字，白璟心裡就是一陣鬱悶。

一想到自己至今為止所遭受到的一切都是由衛深引起，他心裡就不由得惱火。

這種被人掌控的感覺，任誰都不會喜歡。

但是……如果沒有衛深，他也不會有在深海的那些經歷，也不會遇到慕白。

這些究竟是福還是禍？白璟深嘆一口氣，無以言說。

「看來你還在為今天那些話困擾。你是在想那個海裔首領普飛亞的事嗎？」

「是慕白。」白璟糾正道，「我認識的是大白鯊慕白，不是你們口中的普飛亞。」

「有什麼區別？」李雲行聳了聳肩，「對你來說他是你的同伴，是守護你的保護者；對我們來說，他是一個噩夢，是要滅亡人類的罪魁禍首。歸根究柢，無論是慕白還是普飛亞，都是他，只不過是一體兩面而已。你看到他好的一面，而我們更多看到的是他惡的一面。對人類而言，他就是比大災害還要可怕的魔鬼。」

「慕白他……憎恨人類，不是他的問題，有很多原因。」白璟下意識地就為大白鯊辯白。

「我當然知道，兩個種族之間的仇恨不是單方面造成的，各自都有問題。」李雲行說，「關鍵是，他現在失去了理智，成為被憤怒操控的傀儡，你還打算替他說話？衛深說一旦普飛亞失控，蛻化成完全的海獸狀態，到時候沒有任何人可以阻止他的暴走。他已經不是你認識的那個……」

「別說了！」白璟吼，「別再說了！求你！」

他表情痛苦，臉上露出猙獰的青筋，心裡有如刀割。

每一次想起慕白，想起他們之間種種，想起最後失控的大白鯊，白璟心裡便憤怒又絕望。憤怒於自己的無能，絕望於現況艱難。但是無論如何，他不相信慕白會在異變的歧途上一去不回，他不會放棄大白鯊！

「你好好休息吧。」李雲行看了他一眼，「明天我們轉機回國，接下來還需要你的配合。早點休息。」

白璟看著他的背影消失在甲板上，無言佇立。

之前衛深最後說了關於他與慕白的談判。

在慕白開始懷疑衛深身分後，一人一鯊之間曾有過一次祕密商談，衛深說出了自己希望兩族和平共處的要求，顯然遭到了慕白的鄙夷。

「但是，他沒有如我想像的那樣斷然拒絕。」衛深說，「因為我說出了你的身分。」

「什麼叫我的身分？」

「你的父親是個人類，並且，他還在世。」衛深看了白璟一眼，「除了白家，你還有其他親人，而你本身也有很多人類的朋友與同學，這些都是你在人類世界的牽掛。我對普飛亞說了這些，並問他，如果你的人類親友全部因為他而死去，會讓你痛苦不堪，這樣他是否也不在乎？」

「你利用我！」白璟憤怒，「你用我來威脅他？卑鄙！」

「是的，我就是這麼無恥。」衛深苦笑，「為了不讓我的妻子、孩子，以及我關心的人類死去，我可以用盡一切手段。難道你願意眼睜睜地看著你的親人朋友，死在慕白的手下？」

「那與他無關，是大災害——」

「與他有關，沒有他，就沒有大災害。」衛深說，「你以為海裔的特殊能力是從哪裡來？是天上掉下來的嗎？能量守恆，每當海裔使用能力，這個世界磁場的異變便加快一步，人類離滅亡就更近一步。千萬年來，海裔的存在本身就加速了人類滅亡。尤其是普飛亞，他強大的能力時時刻刻在擾亂地磁，加速大災害的到來。他的存在，本就是一種錯誤。」

砰！

白璟一拳擊倒衛深，眼眶通紅。

「你敢再說一遍！」他沙啞道，「為了你們這些貪生怕死的人類，慕白就該去死嗎？就為了你們這些——」

「小環。」李雲婷弱弱地叫了一聲。

白環啞然，最後頹然地放下手。

他說不出口，如果人類和慕白之間只能存活一個，為了慕白而讓所有的人類死去的話，他說不出口。

衛深抹去嘴角的血，扶著牆壁起身。

「我也是海裔，我比任何人都尊重普飛亞，但我也有家人，我不希望他們死去。普飛亞比我想像的聰明，他一眼就看出了我的計畫，知道我在利用你讓他妥協，即便如此，他依舊答應了。他對我說，如果最後一切無法避免，那麼決定人類和他的生死的權利，在你的手上。」

「我決定他的生死？」白環冷笑，「你是要我為了全人類的存亡置慕白於不顧？你以為我真這麼無私？」

「不，事情還沒到那一步。」衛深看向白環，「還有機會。在普飛亞失去理智，真正蛻化為只有本能的海獸前，我們還有唯一一次機會。」

冷風吹在臉上，將白環從回憶中喚醒。

他睜開眼睛，看和前方漆黑一片的海面，又想起了慕白那雙如淵的眼眸。

「我幫你取名吧，就叫慕白。」

「我的白與你的白，是同個字？」

「是啊。」

「那麼，慕是什麼意思？」

慕。愛慕，戀慕，渴求。

為你奉獻一切，無悔無怨。

「……大白。」

白環環著自己的手臂，慢慢地蹲下身。他將臉龐緊靠在自己手臂裡，就像是曾經依賴著大白寬闊的胸膛一樣。

「你等我。」

他沙啞的聲音低低傳來。

「我一定會去找你，等我，大白。」

白環背靠在欄杆上，迷迷糊糊地睡著了。

夢中，他似乎又回到了那片南極深海。

陽光透入冰山的稜角，折射出多變的色彩，靛藍海水裡，一個銀灰色的身影向他緩緩游來。

一雙冰冷的手，輕輕撫上他的臉龐。

「慕白……」白環張開嘴嘆息。

下一秒，似乎有什麼溫涼的觸感襲上他的唇畔、耳邊，銀色的髮絲與他的黑髮交纏在一處。

白環伸手，卻只抓到一片空氣。

刺眼的亮光瞬間從上方打下，刺痛他的雙眼。

「唔嗯。」白璟掙扎著睜開雙眼，「這是……哪？」

「你醒了？」李雲婷從前面探出頭，高興地看著他，「你睡得這麼熟，我還以為你暈機了呢。」

暈機？

白璟環顧四周，這才發現自己位於一架直升飛機上。

昨晚他們商量好先坐直升飛機抵達盟國，再轉機國內，沒想到這一覺起來就已經坐上直升機了。

「還有半個小時就到盟國。你要休息嗎，聽一下國際廣播吧？」

李雲婷打開了手中的收音機開始調音。

「Groupefri……」

電臺一打開，白璟便聽見一段英法間雜的廣播。他本人聽不懂法語，卻看見李雲婷的表情變得越發嚴肅，不由得坐直了。

「怎麼了?有什麼新聞?」

一旁的李雲行回答。

「是關於海裔的新聞。」他語氣沉重。

「法國國際廣播電臺為您播報時事新聞。十二號上午,海裔『海藍』組織通告,關於人類末日的『大災害』事件,已經得到部分非國際科學研究站的證實。各國政府目前還沒有正式予以回應,消息已經在民間引起恐慌……

「『海藍』發布了針對人類與海裔混血兒的救助政策,引起了另一波潮流。目前前往『海藍』公開的據點檢驗血統的人數已經超過十萬,不少人狂熱地聲稱,他們擁有海裔血統。

「一位詳知內情的不明人士向我們透露:大災害將引發海嘯,淹沒世界百分之九十以上的陸地,屆時,人類將無以生存。」

昏暗的地下室內。

淡金髮色的男人緊閉著雙眸，嘴角露出一絲笑意。

整個世界暗流湧動的氣息，似乎就在眼前。

屬於海裔的時代，到了。

第六十一章　狂熱

「利塔莎女士，請問妳現在是什麼心情？」

「妳因為妳的孩子而受到了『海藍』庇護，是否覺得很幸運？」

「妳與妳丈夫結婚的時候就知道他是海裔嗎？妳是以此為目的才與他在一起的嗎？」

記者們的相機、攝影機紛紛對著她，黑色的鏡頭猶如一個個充斥著欲望的眼瞳。

利塔莎握著女兒的手，想起了數個月前，天空還下著小雪的時候，這些記者也是這樣如附骨之疽地跟著她。

那時候，他們眼中更多的是鄙薄與惡意，口中問出的是毫不體恤的嘲諷與好奇。不像這時，壓抑在好奇之下的盡是羨慕。

是的，羨慕。

對於一個曾經被他們稱為是怪物的人的妻子，對於她海裔伴侶身分的羨慕。在大災害的謠言甚囂塵上的背景下，唯一具有能力優勢的海裔，成了人類趨之若鶩的對象。受到「海藍」組織救助政策的影響，便是一些混血與海裔人類伴侶，也在此中獲得了不少好處。

他們有躲過大災害的辦法，他們是能力超過人類的高等種族，他們才是這個世界的統治者。隨著諸如此類關於海裔的謠言不斷流出，海裔與海裔家屬的身分地位有了天翻地覆的變化。

看著眼前這些人的表情，想起數個月前只能躲在黑暗的屋子裡默默哭泣的自己，利塔莎嘴角勾起一個笑容。

「不，我並不知道。」她微笑著說，「但是『海藍』願意給我們母女提供更好的生活環境，在這一點，人類政府並沒有承諾我們什麼。」

「關於大災害的事情是真的嗎？女士，人類真的將要再次面臨滅世洪水？海裔們又是怎麼看待這件事？」有記者提問。

「我並不清楚什麼大災害，但是我知道，即使真有滅世洪水，海裔們也不以為意。」她笑了笑，「你們知道，他們原本就是從海洋走出來的種族。對於他們來說，也許全世界都被海水包圍，反而更適合生活。」

「那人類呢?那我們呢？」

「人類當然也可以在脫離陸地的環境下生存——前提是，有海裔的幫助。」利塔莎摸了摸女兒的頭，「即便我無法生存下去，但是我的孩子，她身上有著優秀的血脈，她一定可以在未來的世界生活得更好。」

鏡頭紛紛對準利塔莎的女兒，八、九歲的小女孩，正是俏皮可愛的年紀。然而此時，人們看到的不是小女孩的外表，而是她的血統——海裔血脈。

不知什麼時候開始，人們將擁有海裔血脈的人稱為「藍血貴族」。

身體更強壯，智力更高，擁有更強大的能力，最重要的是，即便是面對大災害也毫不畏懼。擁有海洋血脈的貴族，似乎生來就有高人類一等的資格。

「在此，我再次要求政府釋放我的丈夫！」最後，利塔莎厲聲道，「我不知道他們是出於何種目的才監禁他，但是如果是為了某些見不得光的理由，我想，哪怕他們再編數十個理由囚禁海裔，也得不到想要的東西。」

利塔莎對著鏡頭，冰冷道：「屬於藍色的世界，已經到了。」

誰才是真正立於這個世界之巔的種族？

關於人類與海裔的討論一日多過一日，各種謠言和傳說鋪天蓋地而來。有偏於人類一方的，也有偏於海裔一方的，然而當更多的真相暴露出來，天秤正在一點一點地傾斜。

人類虐待海裔的各種實驗、大災害的存在，得到越來越多科學證實，偏向海裔的言論變得越來越多。

直到有一天，一個崇尚海裔的組織出現，證明事件已經到了不可挽回的地步——藍血教。

「一切生命都源於海洋，也將歸於海洋。人類不過是從海洋走出的萬千生物之一，如今我們卻捨本逐末，失去了自己本性。」

「海裔保留著來自海洋的真正靈魂，他們才是這個世界的主人。」

「沒有海裔的幫助，人類根本無法存活。」

「把我們貢獻給海裔，才能得到海洋的救贖，得到真正的永生。」

侍海裔為主，以人類為卑。

這種激進的觀念霎時間引起了軒然大波。

自命為萬物之尊那麼多年，人類哪能接受有另一個種族凌駕於自己頭頂？所以，一開始加入藍血教的只有極少數的狂熱分子。

然而，事情的走向正在逐步改變。

「海裔擁有人類永遠也無法企及的能力！還記得南極的異變嗎？記得美海軍艦隊的覆滅嗎？那都是人類試圖挑起海裔怒火的下場！」

「我們的神話自古以來，就有關於來自海中神靈的描述，說不定指的就是海裔？」

「我認識海裔的朋友，他並沒有把我當作奴隸，而且他們知道怎麼避過大災害！」

其中，慕白在南極引起的異變，成為用來宣傳海裔強大的最佳教材。

「擁有這種足以引發天地異變的能力，他們不是神明，還有誰是神明？」

在白璟和李雲行他們乘機返回國內時，事態已經到了一發不可收拾的地步。政府針對海裔的醜惡實驗的報告，引起了更多人的厭惡和對海裔的同情；海裔自身的強大，也吸引了越來越多人的崇拜。

在他們回國的第一刻，看到的就是新聞裡一場規模浩大的遊行。

「反對人類沙文主義！」

「反對暴力！」

「我們要求與海裔生活在同一片藍天下，我們要求和諧共存！」

在遊行的人群中，衛深他們還看到了一些從來不露面的海裔。他們大方地露出自己異於常人的特徵，接受著來自身旁人的狂熱目光。

「天啊，這是怎麼回事？」李雲婷感嘆道，「我才離開這裡幾個月，怎麼感覺就像換了一個世界？」

數月之前，海裔還潛藏在地下，躲避人類的追捕與追殺，現在他們卻成了人們口中高人一等的「藍血貴族」，甚至被追捧為神祇。

遊行的人越來越多，甚至聚集到市政府門口抗議。

而這才是冰山一角，據收到的情報顯示，在國外已經有大家族與海裔達成協議，海裔祕密為他們提供可以度過大災害的方法，而他們對海裔提供資金與人力支持。

——構建一個屬於所有海裔的國家。

「海藍」最近一次通告，是將他們的建國宣言公之於眾。

「我們並不將人類視作敵人，我們只想獲得屬於自己的一席之地。如果人類願意提供海裔平等的機會與足夠的重視，我們願意為你們提供任何幫助，任何！」

最後一句話說得格外引人遐想。在大災害死亡陰影的威脅下，這種表態無疑給惴惴不安的人類打下一劑強心針。

「建國？」李雲婷道，「難道他們想再建立一個亞特蘭提斯？」

「我覺得沒有這麼簡單。」李雲行說，「之前海裔一直採取避世方針，現在突然做出這種公告，很不正常。」

「他們提出建國的要求，其實也可以理解，就像二十世紀受迫害後建立以色列的猶太人一樣。而且他們願意提供人類躲避大災害的方法，這樣不是很好嗎？兩個種族和平共處，不就是老大你的希望？」李雲婷說。

衛深苦笑：「如果海裔真的只是想和平共處的話。」

「什麼意思？」李雲婷不解。

「藍血教。」一直沒出聲的白璟開口了，「他們將海裔描述成類神的種族，側面矮化了人類的地位。妳再看今天遊行時那些人對海裔的態度，還沒看出來嗎？」

「奴化政策。」李雲行說，「我只怕海裔最終的目的，是把人類變成聽他們使喚的奴隸。」

李雲婷瞪大眼：「人類也沒這麼笨吧？」

「在連生命都無法保證的時候，有人提供一根浮木，妳會怎麼選擇？」白璟說，「至少在這件事海裔占據了優勢。現在輿論對海裔有利，他們只需要潛移默化，就能慢慢改變人類的觀點。」

一個世紀，兩個世紀，早晚人類會被洗腦，將海裔看作同伴、看作是更高等的生靈，毫無防備地接受他們。

當大災害真正來臨，不得不仰息於海裔的人類，那時候還有依照自己意志選擇的餘地嗎？

「路德維希。」白璟念著這個名字，「他早就在算計這一點了。」

奪取海洋之心、煽動白璟，都只是那個男人計畫中的一步而已。

現在看來，哪怕這些計畫都失敗，他最終的目的也可以達成。將海裔打造成凌駕於這個世上任何生物的種族，重建當年亞特蘭提斯的輝煌，這才是那個瘋狂傢伙的真正目的。

而在這其中，慕白與白璟扮演的不過是他戲劇中的小丑，連慕白在南極的行動，都被他拿來宣揚海裔的強大。也許，當時煽動美軍襲擊海裔，路德維希就早在計畫著今天的一切。

白璟只覺得無比憤怒，慕白變成如今這樣，這其中有多少是與路德維希有關？在他們一路上遇見的這麼多事，白家逃亡、被美軍追逐、亞特蘭提斯，又有多少是這人在幕後操縱？

白璟握緊船舷：「我一定要要找到路德維希問個清楚！」

「恐怕你現在沒有時間找他算舊帳。」

門口突然傳來一個聲音。

「嘶嘶嗟？」白璟驚訝道，「你恢復了？」

虎鯨傷得太重，被他救回來之後就一直在接受治療，想不到這個被慕白開膛剖肚的傢伙，這麼快又能站在自己面前。

想起慕白，白璟心裡又沉了幾分。

嘶嘶嗟看著他。

「他來了。」

一句話，猶如一把重錘，敲打在在場所有人心頭。

第六十二章　共鳴

他來了。

嘶嘶嗟說：「我能感受到他的力量，普飛亞近在咫尺。」

白璟剛想開口，突然心頭一跳，下意識地看向北方。

同一時刻，在各國的街道上，在祕密會議上，在暗室裡，在鄉間，幾乎每一個陸地上的海裔都停下手中的事，抬起頭看向北方。

穿過層層雲川，跨過千百山脊，世界之極的北方，有著某種隱祕的聲音在呼喚他們。

一聲又一聲，來自遠古時代的記憶，慢慢甦醒。

北冰洋。

遙遠的北極之海，一股強大恐怖的力量正在靠近亞細亞大陸。

連綿數海里的海冰下，發著光的銀色身軀隨著海波漂蕩。他有著屬於人類男性的健壯身軀，肌肉虬結，體現著完美的力與美。他的下半身卻擁有著不屬於人類的軀體，銀灰色長尾在海水中有力地搖擺，似乎一個用力就可以擊碎浪頭。纖長的銀髮順著水流滑動，如同一雙羽翼在他身後展開。

被銀髮簇擁的那張俊美無瑕的容顏上，一雙漆黑的眼，如同雕塑，不包含任何感情，冷冷地直視著東方。

須臾，他張開大嘴，裂口一直延續到耳根，形成恐怖的血盆大口。

血紅的鯊口內脈絡分明，清晰地突起道道溝壑，鋒銳的尖牙閃著冷銳寒光，似乎下一秒就可以將人撕成碎片。

他伸出舌，輕輕舔過尖牙上的一滴血跡，像是在回味什麼美味。

「白……璟……」

沙啞的聲音從半人形的怪物嘴中發出，他重複呢喃著一個自己都不明白意義的名字，一遍又一遍，像是要把它嚼碎吞噬乾淨。

就在前方，一直往東，那個牽扯著他心神的靈魂就在東邊。

半人鯊甩動長尾，潛入冰海，堅定不移地向東方游去。

而與此同時，幾乎世上每一個海裔耳邊都傳來一個聲音。

「阿薩維亞。」

白圭抬起頭，剛才那瞬間幻聽般的聲音，一下子攝走他的心神。他懷疑是自己耳鳴，然後看向身邊的海裔同伴，也在對方眼中看到了同樣的疑惑。

圍攏在旁邊的人類，迷惑不解地看著突然安靜下來的海裔。

「白大哥，你怎麼了？」一個年輕的女孩抓著白圭的手，撒嬌地問道，「為什麼不理人家了？人家還要聽你講海裔的故事呢。」

她旁邊另一個短髮女孩冷笑一聲：「是被妳纏得煩了吧，一天到晚『大哥大哥』地叫，妳以為妳是誰？」

「妳說什麼！」

「我說妳別想攀親帶戚！明明和我一樣是人類，別老把自己當成海裔，仗著幾位大人脾氣好就死命倒貼，也不看看妳有這資格嗎？」

「妳這傢伙——」

「好了。」白圭輕輕咳嗽一聲，兩個女孩都安靜下來。

「我有事要出去一趟。」他說，「驗血站這邊交給妳們看管，每發現一位海裔混血兒就加五點貢獻值，好好做吧。」

聽到加貢獻值，兩個女孩臉上閃過一道喜悅的光芒。

「是的，白大哥！」

「是，大人。」

看著眼前卑躬屈膝的人類，白圭嘴角噙著一絲嘲諷，他看了看身旁的海裔同伴，兩個海裔並肩走出了房間。

「剛才是怎麼回事？」白圭問，「你聽到那個聲音了。」

「聽到了，我也不明白。」海裔同伴困惑道，「總之我們先去支部問問。」他皺眉道，「真是麻煩，這麼忙碌的時候，偏偏路德維希大人不在。」

路德維希，聽到這個名字，白圭心中升起一股複雜的情感。憤怒與恐懼，怨恨和敬畏，各種情感交錯雜夾。

「我也跟你去支部。」白圭心想，他還得再問問關於白家的事情。白家被扣押在一個人類的祕密實驗基地，「海藍」那邊一直與之交涉，也不知道現在情勢如何了。

他正準備越過馬路時，突然聽到有人呼喊自己。

「白圭。」

白圭一愣，只見一個褐髮少年背光站在對街。

「是你……」白圭表情複雜，「你來做什麼？」

薩爾跨過馬路，走到這個年輕的白家人面前，打量了好久，須臾，嘴角牽起一個弧度。

「我只是來對你說一聲，你的任務來了。」

薩爾．德蘭，路德維希的得力下手，世上為數不多的高級海裔之一。他看向這位倖存的白家幸運兒，微笑道：「還想救出你的家人嗎？現在，你面前就有一個最好的機會。」

「什麼意思？」

薩爾微微一笑，側過頭，在他耳邊輕聲道：「你們白家的那位活寶貝，回到岸上了。」

霎時，白圭瞳孔縮緊，雙手指甲幾乎嵌進肉裡。

「白璟！」李雲婷追了出去，看著跟在虎鯨身後的白璟，焦急道：「你要去哪？」

白璟轉身，港口的風吹得他衣衫獵獵作響，黑髮零亂地劃過前額。

「慕白來了。」他說：「他是來找我的。」

「所以呢，你要去見他？」李雲婷著急道，「他現在根本不認識你！老大說了，他遲早會蛻化成原始海獸，到時候六親不認，會連你都傷害的啊！」

「我知道。」白璟靜靜地說，「但事情還沒到最後一步，我不能放棄慕白。」

白璟知道自己說謊了。哪怕慕白真的徹底變成沒有理智的怪物，他也不會放棄大白鯊。

自從母親去世後，慕白就是他在這世上最親近的人，比任何人類、任何海裔，都更親近。是比家人，比戀人，更加親密的關係。是大白教會了他如何在深海生存，是大白將另一個世界展現在他面前。

白璟至今不能忘記的場面，一次是在南極，慕白為他擋住上百枚炮火的背影；還有一次是在亞特蘭提斯，陷入瘋狂狀態的慕白。

慕白瘋狂的模樣，每次回想起來都讓他心痛不已。他記憶中的慕白，是強大美麗、智慧優雅，生存在蔚藍深海的最美麗的鯊魚，而不是現在那個近乎瘋狂的怪物。

普飛亞的註定歸宿嗎？

不，白璟對自己道，他不相信命運，他不會讓慕白面對那樣淒涼的結局。

何況衛深也說過，現在還有最後一個辦法，而這個辦法需要一個人協助……

「帶我去見他吧。」白璟轉身對嘶嘶噠說。

虎鯨看了他一眼，帶著他走下樓梯。

「小璟！」李雲婷看著他們走遠，就想跑下樓梯追過去。

「讓他去吧。」李雲行抓住了妹妹的手。

「可是……」

「白璟是個成年人，也是目前僅次於普飛亞，力量最強的海裔。」李雲行道，「有些事，如果連他都做不到，就沒有人做得到。而有些事，如果你不讓他做，他會痛苦一生。」

「哥……」李雲婷把頭埋在兄長懷裡，「我好害怕，現在局面變成這樣，大家都像瘋了一樣。哥，我怕小璟也會變得像那隻大白鯊一樣。」

「不會的。」李雲行安慰著妹妹，看著遠處白璟的身影消失在拐角。

其實，他內心深處也有著深深的不安。

海洋之心對海裔的影響顯而易見，長期接觸下來，強大如普飛亞都會受到影響，那麼，白璟呢？

如果要阻止慕白的暴走，只能依賴海洋之心，到時候，白璟會不會變成另一個慕白？

「沒想到你會相信我。」

噺噺嗟帶著白璟走向某個房間。

「我不是相信你，只是這是最後的方法。」白璟露出一個譏諷的笑容，「你早就知道了是嗎？你上回讓我救他一命，為的就是這件事？你還真是處處替他著想啊。」

噺噺嗟沒有說話。

說話間，他們來到了一間守備森嚴的房間前。四處都有監視和守衛人員，而被關在裡面的人就是路德維希，也是白璟此次的目標。

守衛替他們打開了門，白璟一個人進去。

噺噺嗟站在門後，突然開口：「阿薩維亞……」

「什麼？」

白璟疑惑地轉過頭，只看到嘶嘶嗟掩在門後的半張臉龐，接著咿呀一聲，鐵門合攏，虎鯨蒼白的臉龐徹底消失在視線中。

「啊，稀客。」

身後傳來一個讓人手癢的聲音，帶著一貫沉靜磁性的音色。

「沒想到你這麼早就來找我。」

白璟轉過身，看見半倚著牆壁坐在床上的路德維希。

淡金色的頭髮凌亂地遮住他半張臉龐，碧綠色的眸子促狹地看著白璟，裡面好似有波光湧動。

這真的是一張很好看的臉，光憑外貌就足以蠱惑任何人，何況這個傢伙還有更加出色的蠱惑人心的本領，難怪自己被他耍到這個地步。

白璟微笑，緩緩走上去，貼近路德維希的臉龐。

「沒錯，我來見你。」他低聲道，下一秒，一拳揍在路德維希那張完美無瑕的臉上。

肉與骨頭相撞的聲音，光聽就讓人牙齒發寒。

「這是送你的見面禮。」白璟捏了捏拳頭，冷冷道。

路德維希猝不及防之下被打得一個趔趄，劇痛撕裂了他的表情。

他吐出嘴裡的血沫。

「真是不錯的見面禮。」路德維希舔著口腔內的傷口，看向白璟的目光如同一隻野獸，「那麼，你準備好談交易了嗎？」

第六十三章 瘋狂

說是交易，不如說是一場較量。

衛深曾對白璟說過，想在慕白徹底蛻化之前阻止他，只有一個辦法——用海洋之心的力量，取代慕白成為海裔的新首領。那樣，傳承記憶就會轉移到新首領身上，連帶負面影響也一同轉移。

有人替慕白分擔負荷，他的蛻變就會停止，相對的，分擔的那一方就要面臨失去理智的危險。

「這樣不是反而增加風險了？」李雲婷不解道，「以前只有一個慕白，我們還好解決，如果誕生了新首領，舊首領也還存在，不就相當於有兩枚即將爆炸的核彈？」

以往從來沒有發生同時存在兩個首領這種事，普飛亞的繼承都是伴隨著死亡，上一代普飛亞死去後，海洋之心會在所有海裔裡尋找新的主人。

候選人一般都是從生存在海洋中的海裔間選出，登上陸地的海裔，由於身上存在太多人類的血脈，往往不被海洋之心承認。

然而現在，衛深竟然提議讓白環繼任普飛亞，分擔慕白身上的重擔？

「其他人可能會反被慕白和海洋之心影響，但是白環不會。」衛深說，「白環身上代表精神力的藍色光暈，是我見過色彩最強烈的，他本身也擁有治癒和意識交流兩項能力。」

「治癒？」李雲婷驚呼，她可不知道白環還有另一項能力。

事實上，連白環自己都快忘記這件事了。在他的記憶裡，只有慕白有一次利用他的這項能力治好了傷，之後就再也沒施展過這方面的能力。

「白環的治癒能力，應該是從他母親那裡繼承而來的。他的母親是個十分出色的海裔，治癒系的海裔更是鳳毛麟角。」

所以足以想像，白家得知自己出色的血脈竟然和人類繁衍後代時，該是多麼憤怒。

「擁有治癒能力，我就能不受傳承記憶的反噬？」白環問。

「不是不受反噬，而是你能調和這種干擾，同樣，慕白也會受到你的影響。你們共同繼承普飛亞的記憶後，等於是一魂兩體，彼此的精神聯繫會變得異常緊密，到時候，你可以通過自己的生物磁場干涉慕白。最好的情況是，慕白被你治癒。」

「這我應該很有經驗。」白璟嘲諷道，「畢竟從以前開始，我就是你們為他設計的鎮靜劑，不是嗎？」

衛深嘆了口氣：「白璟……」

「我不介意，我不在乎。」白璟說，「對於你們把我當作實驗品，我至今還是很憤怒，但是如果我的能力真的能治好慕白，我也必須感謝你們。」

他此時稍微可以體會路德維希的感受了，當知道自己的誕生只不過是他人有目的的利用時，誰都不能平靜地接受這件事。

但是白璟比路德維希幸運的是，他是一個「完美的」實驗品，沒有遭到遺棄。

「說吧，要繼承傳承記憶，我該怎麼做？」

衛深露出了為難的神色：「關於這一點，我們一直以來都在研究，但是資料太少。真正研究出成果的是美軍，以及海裔們自己的記憶傳承，而同時掌握這兩方面資源的人……」

「是路德維希。」白璟的臉色看不出情緒，「所以，我們最終還是要去找他，是嗎？」

事情繞了一大圈，結果還是要來與眼前這個罪魁禍首面對面。白璟此刻已經不再憤怒，甚至平靜得連自己都感到不可思議。

「不用再繞圈子了。」他對眼前的男人說，「你想要什麼我不清楚，但我需要什麼你很清楚，談你的要求吧。」

路德維希微笑：「我從沒見過像你這樣談交易的人。」

「這不是交易，而是戰爭。」白璟低下頭，冷笑，「我會在一定程度內容忍你，但是記住，如果你要求得太過分，我不介意魚死網破。」

路德維希的笑容凝固了。

「為了一個快瘋了的怪物，你瘋了？」

「沒有你瘋。」白璟說，「你只要記住，如果不能救他，你們所有人的生命，我都不在乎。」

「白家也是，你父親那邊也是？」

「無論有什麼結局，我會陪他們一起，這就是最好的結果。」白璟說，「我不會讓你的計謀得逞，哪怕我死了。」

這個傢伙是認真的。

路德維希看著他黑色的眼睛，那裡面有他十分厭惡的決絕與堅定。

他討厭這樣的眼神，因為面對這種人，他往往無法攫取更多的利益。更因為，這會讓他想起，自己是多麼地卑微可笑。

「我告訴你方法。」路德維希閉上眼，「但是我也有一個要求。畢竟，這不是一場友好贈送，而是交易。」

白璟退後一步：「說出你的條件。」

「我要求你在繼承傳承記憶後，向我公開一切。」路德維希眼中充滿狂熱，「我要知道數萬年前的真相！」

「你想成為第三個普飛亞？」

「不，我不在乎那個位置，我需要的是真相！」路德維希眼神近乎執著，「我要知道，亞特蘭提斯為什麼會滅亡？人類對我們做了什麼？我要知道一切！」

他眼睛裡的仇恨幾乎是赤裸裸地顯露於眼前。

路德維希是真的打算將人類全部滅亡，他不是開玩笑，而如果是他，也一定可以做到。

白璟雖然厭惡，卻不得不與他合作。

真到萬不得已的時候，我會有阻止他的辦法嗎？

危險的傢伙。

路德維希與白璟看著彼此，心裡都在這麼想著。

十分鐘後，在屋外等待的嘶嘶噠看見白璟從路德維希的房間裡出來。

「今晚就會開始行動。」白璟說，「我在這裡跟他學習如何掌控海洋之心，你……」

「我守著你們。」嘶嘶噠說，「這是我的職責。」

職責？白璟看著嘶嘶噠，眼裡流露出困惑。

他突然想起進房之前，虎鯨莫名其妙說的那句「阿薩維亞」。

這句話究竟是什麼意思？看嘶嘶噠現在的表情，似乎絲毫不打算解釋這一切。

謎團實在是太多了，但是他現在沒有時間理會那些。

慕白正以超高速向東海趕來，最遲，後天就會抵達近海。在那之前，白璟要學會掌控海洋之心，然後去見慕白。

「哦，差點忘記一件事。」路德維希從房內探出頭，「等會兒應該會有人來找你，他是我為你安排的助手。」

他的手幾乎伸出門外，立刻引起了守衛的緊張。

「回去！」一個守衛一槍托打在他胸膛。

那力度，就連白璟看了也不由得咋舌。

路德維希幾乎是立刻被擊倒在地，向後重重地撞在牆壁上，他臉上因為海水浸泡而浮出的色斑還沒有痊癒，更顯得這張英俊的臉龐詭異而恐怖。

他輕笑一聲，看著如臨大敵的守衛，對白璟輕聲道：「不要忘記我們的承諾。」

砰的一聲，鐵門在他們之間重重關上。

白璟無法忘記那雙碧綠的眼眸，像一把劍，深深地刻在他心裡。

路德維希，究竟是個什麼樣的人物？

「走吧。」嘶嘶嗟收回視線，「我帶你離開這裡，休息一會，你的時間不多了。」

「你不擔心他？」白璟跟在他身後，「我以為你還算在乎他。」

「那是他自己的選擇，我不干涉，也不幫助。」嘶嘶嗟道，「只要他的命還在，其他的我不管。」

白璟覺得，這兩個傢伙之間的關係，真是讓人看不透。

下午，他回到了自己的房間小憩，不出意外地，又做了那個夢。

那是自從離開亞特蘭提斯，他就一直在做的夢。

夢中，他處在一片銀藍色的海裡，慕白就在身邊。他們沒有說話，只是無聲地對看著，即便這樣，也讓白璟感到寬慰許多。

然而這一次，他沒有見到慕白。

只有一個銀色的光繭出現在他眼前。

「大白，大白！」

白璟敲擊著光繭的表面，心急道：「你在裡面嗎，慕白？你能不能聽見我說話？」

這是個不好的預兆。

白璟費力撕開光繭，看到被束縛在裡面的慕白。他整個被光繭纏住，身軀逐漸化為流動的光水。

白璟心痛地看著這一幕，撕心裂肺地呼喚：「慕白！」

銀色的睫毛輕顫，黑色如淵的雙眼微微睜開，看向光繭外的身影，輕啟雙唇。

「阿薩……維亞……」

慕白！

白璟驚醒，發現那只是一場夢。

是的，當然只是一場夢，因為現實中的慕白，不會再用那樣溫柔的眼神看他了。

白璟心痛不已，同時更下定了拯救大白的決心，他沒有哪一次像現在這樣，期待著晚上再見到路德維希。

然而，在那之前，白璟遇見了一個意想不到的人。

「看來你做噩夢了？」

不應屬於房間內的聲音突然出現，白璟驚覺，防備地抬頭，下一秒，錯愕地睜大眼。

「是你！」他詫異地看著出現在門口的傢伙，「我以為，我以為你已經……」

「以為我已經死了？」來人輕笑道，「我也沒想到，再見你會是這樣的場景，三胖。」

第六十四章　窒息

李雲婷端著晚飯過去的時候，還沒進門，就聽到了爭吵聲。

「我說過多少次了，不准再叫我這個名字！是圭，不是龜！」

「有什麼區別？你哪裡聽出來我喊錯了，讀音不都一樣？」

「從你的表情我就可以看出來，你現在喊的絕對不是我希望的那個字……」

「你想太多了，白龜。我沒有喊你白龜，我喊的就是你本來的名字，白龜。」

「夠了！你這個死胖子，你再喊一遍別怪我不客氣！」

「真不明白你莫名其妙的自尊心是從哪來的，難道你更喜歡我喊你王八？」

「別把我和王八那種土鱉混為一談！」

她急忙推開門，看到兩個年輕人扭打在一起，像小學生似地互相罵著無聊的廢話。

白璟被壓在下面，脖子被死死掐著，臉色通紅。

「這是怎麼回事？」李雲婷扶額道，「你們誰能解釋清楚？」

看到有女生進來，兩人立刻鬆手拉開距離。

之前壓著白璟的人站起身，整理了一下衣服，咳嗽道：「抱歉，打擾你們了。

我是白圭，這傢伙的同族堂兄弟。」

「我記得你！」李雲婷興奮道，「上回在白家，那群追著小璟打的人當中，你是衝得最猛的那個。不過白家不是被美方控制了，你沒事？後來白璟說你被抓走了，還一直很著急呢。」

她看了白璟一眼。之前一直心情低落的小藍鯨竟然有心思與別人打鬧，果然是因為得知家人平安無事，心情也放鬆了嗎？

這樣也好，雖然以前感情不好，但現在也算是患難與共，有家人陪著，白璟應該不會再那麼想不開。

她剛這麼想沒多久，白圭卻打破了她的幻想。

「沒有出事，只不過因為我運氣好。」白圭微笑，「還沒正式自我介紹，這次我是接到組織任務，前來協助白璟。在他正式掌握海裔的傳統祕技，以及掌控海洋之心前，我都會在這裡輔佐他。」

李雲婷的笑容一僵。

「組織，難道是……」

「海藍？」

白璟的聲音從兩人身後傳來，剛才還掛在他臉上的笑意此時全然不見。

他看向白圭，眉頭鎖成一個川字，「你是海藍派來的？又是誰的任務？」

白圭笑了一下，「當然是路德維希大人派發的任務。他知道你是我們白家的人，就安排我來協助你。畢竟，現在你可是所有人眼中的『寶貝』啊，白璟。」

砰一聲！

毫無預兆地，白璟從床上跳起來，抵著白圭的脖子把他壓到身後的牆上。

「你在為路德維希做事？為一個利用白家、將大家害成現在這樣的傢伙？」

「害白家變成現在這樣的是你！」白圭抓住他，吼了回去，「如果不是你引來人類，族長、我的父母、我妹妹，他們會被人類抓走嗎？而你現在卻在人類幫你打造的小窩裡享受細心呵護、百般照顧！」

他瞥了李雲婷端來的晚飯一眼，冷笑道：「日子過得很舒適嘛，白璟。被人類當作救世主，是不是很能滿足你的虛榮心？你早就把那些被人類折磨得生不如死的同族忘到腦後了是不是？偉大的救世主！」

白璟雙眼通紅：「那你也不該投靠路德維希，他才是罪魁禍首。如果不是他設計陷害，白家怎麼會被人盯上？他不過是在利用你。」

「我知道。路德維希不是好人，他只是為了自己的目的在利用我，但是那又如何？」白圭同樣猩紅的眼珠看向白璟，「至少他和我站在同一邊，至少他願意答應我救出白家的人，至少他和我一樣憎恨人類！而不像你，表面上看起來兩邊都不想辜負，其實你心裡想的只有自己！」

白璟恨鐵不成鋼地看著他：「你以為他真願意救出白家？他派你來監視我，不過是為了他自己。他想滅亡的不僅是人類，他甚至想顛覆整個世界，根本不在乎其他海裔的性命！」

「是，我知道，但是至少他答應我了。而你呢？一切都是因你而起，如果你願意乖乖被路德維希抓住，配合他的計畫，我們早就贏得了這場戰爭，也不會被人類逼到今天這一步。」

白圭看了李雲婷一眼，低聲湊到白璟耳邊：「事情都是你和那隻怪物引起的。我該恨的是你，為什麼你們不能早點死去？」

白璟雙手一抖，臉上閃過痛苦的神色。

「小璟？」站在一旁的李雲婷不明所以，擔憂地看著他。

白圭退開了一步，向門口走去。

「晚上在約好的地方等你。」他說著，頭也不回地離開。

而白璟蹲下身，像是承受著巨大的痛苦一樣，緊緊揪著自己的衣襟。

「小璟，你沒事吧！」李雲婷慌了，飛奔過來抱住他，「你不舒服嗎？別嚇我呀。」她帶著哭腔道，「不然我跟老大說別讓你去見路德維希了？也許還有別的辦法，還有別的辦法……」

沒有別的辦法了。

白璟明白，就像白圭說的那樣，事情進展到這一步，無論是誰下的套，真正讓噩夢變成現實的是他和慕白。

他們要為自己的行為負責，哪怕被人設計了，也要咬牙吞下苦果。

「我沒事。」白璟顫抖著扶牆站了起來，「我還等著去見大白，怎麼會有事？剛才我只是太餓了，餓得肚子痛。」他擠出笑臉，「正好妳送晚飯來，不然我都快餓死了。」

「小璟。」李雲婷看著他，目光滿是憂愁。

當晚，白璟在預定的地方見到了路德維希和白圭。一改白天的激動情緒，站在路德維希身後的白圭，就像是一個機器人，面無表情。

「看來你們已經見過面了。」路德維希打量著白璟的神色，微笑道，「我知道你心裡還牽掛著白家，才特地把他帶來。」

「帶來監視我嗎？」白璟冷冷道。

路德維希詫異，回頭看向白圭，「監視？他是這麼跟你說的？」他笑道，「不是監視，而是人質。為了防止在最後關頭你違背我們的約定，我需要一點籌碼，算是一個保險而已。只是如果你真的背叛，那麼白家和他，也就沒有存在的價值了。」

白圭的臉色毫無表情，似乎對此毫不意外。

「路德維希！」白璟怒視，「你非要把每個人都逼到恨你的地步嗎？」

「我不在乎。」路德維希冷淡道，「恨是十分無用的感情，只會白白消耗精神。我建議如果你有時間恨我，不如早點學會怎麼控制海洋之心，畢竟，那個怪物可是離這裡越來越近。」

白璟深呼吸，緊緊閉上眼。再次睜開時，他臉上的憤怒已經全部褪去。

「你說的對，教我，怎麼控制海洋之心。」

路德維希微笑：「遵命。」

操控海洋之心的方法，其實一直以來只有歷代普飛亞才知道，普通海裔的傳承記憶裡並沒有這一塊。但是現代科學的力量，可以解決幾乎所有問題。

「海洋之心的神祕之處，無非是它對地球磁場的影響……」

看著路德維希一本正經地開始上課，白璟突然有種荒謬的錯置感，彷彿他又回到了大學的教室，現在只不過是在上一堂比較特殊的課程。

但是白璟知道，這只是自己的幻想。

一切都變了。

人類對於海裔的看法，幾乎是眨眼間就有了新的變化。

從最開始的恐懼，到之後的崇拜，再到後來的對立與狂熱兼具，兩個種族之間無形的裂痕正在逐漸擴大。這裂痕影響到的不僅限於高層政治，甚至一般人的日常生活都開始改變。

在街上見到海裔已經不再是件稀奇事，海裔與人類的鬥毆也不再是人類警察出面，而是海藍的成員出面維持秩序。

大災害進一步得到證實，人們已從最初的恐慌中走出來，開始設想對策。各種產品只要打著海裔的名號就能大賣，例如海裔祕藥、海裔病毒、海裔內褲……

海裔的影響一天天滲入人類世界的每個角落。

很多人類開始相信，只有依靠海裔，人類才能活過大災害的時代。他們卻不知道，在大災害之前，另一個致命的威脅正在一天天地逼近。

白璟結束了最後的訓練。

此時他們得到的最新情報顯示，慕白最近一次被偵測到的身影，是在千島群島。以他的速度，出現在東海海域不過是數小時內的事情。

「記住。」路德維希說，「記憶是最關鍵的，只有繼承了歷代普飛亞的記憶，你才能打敗他。」

他被看管的守衛押回囚禁室，臉上卻帶著著魔一般的神情。

「我等著你的結果，白璟！」

白璟木然地看著他走遠，回身發現，還有一個人。

「我會一直看著你。」白圭搶先一步回答，「這是我的任務。」

「你——」

紅色警示燈乍然亮起，白環還沒來得及說話，腳下船隻猛烈顫動，像是遭到了劇烈的風浪侵襲。

「警報，警報，警報！」

「日本本島附近監測到強颱，正以每小時十五公里的速度靠近！警告！」

「日本海附近監測到強烈海底震波，極有可能引發海嘯。建議避難，建議避難！」

報警聲一聲響過一聲。

白環抓起一件衣服，匆忙跑向出口，手還沒抓住門把，眼前突然一陣暈眩。

「找到你了。」

似有一股寒氣噴在後頸，一個低沉沙啞的聲音就在耳邊響起。

那一瞬，白環有種掉入深淵的恐懼感，近乎窒息。一雙蒼白詭異的手從陰影中伸出，死死抓著他，要將他拖入地獄最深處。

第六十五章　沒有

明明是正午，陽光卻無法穿透那一層黑，被封鎖在遠空的烏雲中，只能透出些許碎芒。

慕白來了。

倒數計時最後五小時。白璟站在船舷上，看著岸上的人被疏散遠離。人們帶著迷茫恐慌的神情，不知道為何自己會被趕離家園，也不知道前方究竟有怎樣的危險在逼近。

那些慌亂無措的表情映在白璟眼中，猶如一把尖刀，時時凌遲著他的心。

「小璟，你真的不去嗎？」李雲婷站在他身後問。

半小時後，白璟就要在東海艦隊的護送下，前往日本海。

「這可能是最後一次機會，你還是決定不去見他？」

「不見。」白璟淡淡道。

「你恨他嗎？」李雲婷小心翼翼地問。

白璟笑道：「不，並不是。雖然最開始確實有怨氣，但是他畢竟和老媽一樣，是賦予了我生命的人。只是這時候妳讓我去見他，我做不到。」

他繼續說：「從生物學的角度上來講，他是我的父親，卻也是一個從未謀面的人。二十多年後，妳讓我在這時候與他相見，我不知道該怎麼面對。」

在出發的最後時刻，不知出於什麼心理，竟然有人準備安排白璟的親生父親來與他相見。

對於白璟來說，這個名義上的父親，甚至不如李雲婷有親切感，見面只會增加更多煩惱。現在是關鍵時刻，他不想讓自己的心變得更混亂了。

「你不去見他的話……」李雲婷露出為難的神色，「有些人會不太放心。」

白璟起初沒有聽懂這句話，待看見了女孩臉上窘迫尷尬的神色，才反應過來。

「是你們實驗室的贊助者，還是你們的老闆？」白璟恍然大悟，「他們害怕我最終會走到海裔那邊，所以讓我在這時去見我的父親？」

盡力將決定事情成敗的棋子拉攏到人類方，這樣，在背後做決策的那些人才會放心吧。而白璟的父親，不過是他們拉攏白璟的工具。

無論是路德維希，還是人類，他們看中的都是白璟的利用價值，而不是他本身。這有什麼好奇怪的？白璟想，我應該試著習慣，難不成還能指望什麼？

「我不去。」他笑了笑，「隨便他們怎麼想，要懷疑我就懷疑我，無所謂。」

「好吧。」李雲婷深吸一口氣，「我會對上面的人說一聲。小璟，你……」她走上前，輕輕點住白璟的眉心，「你不要這樣笑。」

白璟一愣，被李雲婷點住的地方像是有微微的疼痛感在擴散。

「我第一次遇見你的時候，雖然你被白家的人追得狼狽，但是那時候的你和現在不一樣。」李雲婷認真道，「那時看見你的笑，就能窺見藏在你心底的太陽；現在你笑了，卻根本透不到眼底。你也很少和我們開玩笑了，我不喜歡你這樣，小璟，你應該更肆意一點，更傻一點……」

白璟無奈地道：「我又不是真傻。」

「就應該傻！一直傻傻的多好。」李雲婷弄亂他的頭髮，「哪像現在明明沒我大，卻少年老成，跟我哥一樣！你可別像他那樣面癱！」

「你說誰面癱？」

李雲行不知什麼時候走了上來，「該出發了。」他看了訕訕的妹妹一眼，對白璟道，「軍艦在等你。」

「我知道了。」

白璟點頭準備離開，突然對李雲婷道：「我也記得。」

李雲婷一愣，白璟已經轉身離開了船舷。

記得什麼？

白璟永遠記得那個奔逃的夜晚。

冰冷的空氣鑽進肺裡，呼出來的氣卻是火熱的。前路迷茫，後有追兵，然而他絲毫不覺得害怕，哪怕是縱身跳下的那一刻，心裡的感受也是興奮多於恐懼。

那時候有ㄚㄚ，有慕白，陪在他身邊。

現在，他一無所有。

踏下舷梯，白璟抬起頭看向北方被墨色浸染的天空，心中想起的是記憶中那個明亮璀璨的夜晚。

他還能再回到那個時候嗎？

「么六七艦出港。」

「么七七艦出港。」

「么……」

李雲婷和兄長站在岸邊，看著一艘艘軍艦鳴笛駛出港口，向著海平面的另一邊航去。他們一直望著，直到那巨大的影子變成黑點消失在視野裡，也遲遲沒有移開目光。

從東海出行，以最高航速航行，抵達目的地不過幾個小時，這也是留給白璟的最後一段時間。

穿著軍裝的冷面軍人在他身邊來來回回，這些人態度十分客氣，卻不會隨意和他說話。在白璟看來，他們更像是在看管一個易碎品。

唯一能和他交流只有白圭這個傢伙。然而對方身為人質兼監視者，白璟不覺得他跟自己有什麼好說。

沒想到，白圭開口了：「馬上就要抵達日本海，你不害怕嗎？」

害怕？害怕誰，慕白？

白璟沒有說話，他嘴邊掛著的笑意，卻顯露了他的心思。

白圭神色一黯，自嘲道：「我忘了，你們朝夕相處，你當然不怕他。可是我們知道的只有他的恐怖，他也從沒有出現在我們面前，明明是……」

「明明應該是海裔首領，卻從不幫助你們，也沒有在人類迫害你們的時候從天而降，做個救世主。」白璟反問，「那你們有瞭解過慕白嗎？」

白圭一愣。

「在他被美軍追逐的時候，在他受困南極孤獨一人時，你們有誰試著去瞭解他？不是他的力量，而是他承受力量背後的痛苦。有哪一個海裔關心過這些？」白璟頓了頓，想起衛深，「就算曾經有過，最後也不過是為了自己的利益罷了。」

白環轉身看向白圭，「他的確是海裔首領，是你們的普飛亞，但是你早已走上不同的道路。他還在海洋，而你們踏上了陸地。」

遠古的純血與現在的海裔，可以說早分裂成了兩個種族。如果不是紛爭越演越烈，這些海裔誰還會想起他們力量強大、被拋棄在深海的首領呢？

白圭低低說了一句：「我知道，但誰不是自私的呢？」

在孤立無助的時候，誰都希望有一個強而有力的幫手，如果對方沒有幫助你，甚至會因此而產生怨恨。

這不是自私，只能說是人性。無論海裔還是人類，比起別人的傷痛，都更在乎自己的利益。

白環贊同他這句話。現在沒有誰，比他更懂得這些。

一個小時後，艦隊航行到了危險區域，這裡十分靠近颱風的影響範圍，不能再前進。現在開始，白環就要一個人前行。

士官們將白璟請到船舷，目送他一個人走下舷梯。

「等等，我呢？」白圭看向他，「我的職責是監視你到最後一刻，我也一起去。」

「沒有你的事。」白璟說，「你就乖乖待在船上吧。」

「但是……」

「白家的事我已經找到人幫忙。放心，他欠我一個大人情，會幫我們解決的。」

白璟背對著他，走向放下的舷梯，深藍海水在他腳下劇烈晃動，「別再相信路德維希，你鬥不過他的。」

「白璟！」白圭想要衝上前，卻被士兵們牢牢擋住。

「你們幹什麼！」他怒吼道。

「抱歉，這是我們的任務，滿足他離開前的最後要求。」一名士官道。

「什麼叫最後要求？白璟，你給我回來，你還沒有給我解釋清楚……白璟！」

「小烏龜。」白璟說，「就當我是感謝你那次救我的事，這也是我欠白家的。我還清你們了。」

「白璟！」

白圭雙目通紅，看著他最厭惡的堂兄弟潛入海水中。

幾秒後，一隻身形龐大的藍鯨出現在軍艦附近，牠甩動尾鰭游入深海，只留下一道消失在空中的水霧。

白圭又惱又恨：「什麼還清，難道你不打算回來了嗎，三胖！」

他的聲音被狂風吹散，消逝於茫茫海天之間。

漫天的狂風驟雨中，只看到一隻藍鯨迎著風浪，跨過浪頭，向著黑色堆積的最深處游去。再也不見回頭。

身邊都是倉皇逃跑的海洋動物，有魚類，有海豚，就連向來少見的海底生物，此時都一窩蜂地湧出，逃離那個恐怖之地。

三胖卻是與牠們逆行，一心一意向著北方游去。

有海豚焦急地繞著牠的身子轉，用鼻吻拱著牠巨大的身軀，似乎是要將三胖推走。

「我要去那裡呀。」三胖對擔心他的海豚道：「快走吧，別管我。」

海豚低鳴幾聲，依依不捨地看著牠離開。

數分鐘後，三胖身邊再也看不見其他生物，整個海域安靜得可怕，彷彿末日來臨。

頭頂是暗沉的烏雲，身下是驚濤駭浪，三胖覺得自己彷彿身置天地顛倒的世界，分不清哪裡是天空哪裡是海洋了。然而，心中劃定的方向，始終沒有變。

他要去慕白身邊，大白在等他！

這麼想著時，三胖心跳突然加快。

藍鯨浮出海面，傻傻地停滯在原處不動。而百米之外，一個銀灰色的身影隨著恐怖的巨浪時隱時現，黑暗在他身後凝聚，構成這個荒涼世界的原色。

一道閃電轟然劈下，蒼白的光芒照亮附近海域。

在那一瞬間的光亮中，三胖對上了那雙深黑的眼睛。

漆黑，沒有一顆星辰。

第六十六章　記憶

這是慕白嗎？

這不是慕白！

三胖不敢相信，他看到的這個不明身分的怪物竟然會是慕白。

半人半鯊，全身卻沒有一絲屬於人類的特徵，巨大的嘴部呈現出鯊嘴的形狀，手臂關節長出畸形的骨翅，撕裂了肌膚，陷入紅白色的肌肉。再看下身，原本弧線優美的鯊尾完全失去了原形，尾部變得更加粗壯卻十分畸形。

三胖不敢相信，眼前這個可以說是畸形醜陋的傢伙，會是慕白，那如神祇一樣的慕白！

畸形的怪物眼中絲毫沒有神志，只泛著猩紅。牠並沒有認出三胖，而是將他當成一個不自量力的入侵者。

「吼嗷——」

發出一聲奇怪的嘶吼，不人不鯊的怪物朝著三胖衝來，速度快得驚人，幾乎是立即出現在藍鯨面前。

三胖驚險地閃避，左鰭卻也被牠劃傷。

「大白！」他驚慌失措地呼喚。

然而那不知是慕白還是怪物的傢伙，只是一次又一次地襲擊著三胖，對他的呼喚置若罔聞。

迫於無奈之下，藍鯨只能變回半人鯨的模樣，抵擋慕白的攻擊。

「你醒醒，大白，是我！」

每一次躲避過慕白的攻擊，白璟總是重複地呼喚著他的名字，卻得不到一點反應。

這樣只剩野獸反應，完全沒有理智的行為，讓白璟想起那個不祥的夢境，他的心漸漸沉了下去。難道慕白已經完全蛻化，變為海獸，失去所有理智了嗎？

他一個失神，左肩被撕裂了一個傷口，鮮紅血液飛濺而出，噴濺到了慕白臉上。

血液溫熱的觸感讓慕白愣了一下，攻擊也不知不覺間停了下來。

白璟終於有了片刻的喘息時間，他捂著傷口，血液汩汩流出。他想嘗試治癒自己，又得警惕慕白的攻擊。

這時——

「咯咯噠？」

一個熟悉又幾乎快忘記的聲音，在白環識海內響起。

「咯噠！」

一抹黑白色的影子乘著風浪而來，擋在白環身前，一個飛踢踢在還在發愣中的慕白臉上，硬是將白環與大白鯊都踢傻了。

這是？

白環看著護在自己身前的瘦弱身影，驚喜道：「丫丫！」

企鵝轉過身子，鄙夷的小眼珠瞪了白環一眼，圓潤的腦袋上還頂著一隻十分眼熟的海螺。

「真的是你們！」白環驚喜交加。

自從離開亞特蘭提斯，他就一直沒有丫丫和小海螺的消息，無奈無暇分身。這時候得知兩個小傢伙沒出事，簡直太開心了。

白璟一把摟住企鵝：「我想死你了，ㄚㄚ！你不知道你不在的時候，我有多想你！」

企鵝白了他一眼，上下打量著藍鯨，鄙夷蠢鯨肚子上的肉又多了兩圈，誰相信他的屁話。想牠一隻企鵝千里迢迢地跨過幾大洋，帶著一個拖油螺尋找走失的藍鯨，費心費力，這才是勞累交加好嗎！

摟著企鵝，白璟又想起慕白附身企鵝的那段日子，心裡百般滋味。

然而現在的環境不適合好好敘舊，接連被意外打斷的慕白顯然被激怒了，關節處的骨翅唰地抖開，像是一雙巨大的骨翼張開在身側。猩紅的眼珠直盯著眼前的一鯨、一企鵝、一海螺，嘴裡的尖牙磨得霍霍作響，似乎在考慮從哪個先下口比較好。

白璟被牠看得汗毛直豎，危機感直升。原本希望如果慕白還保留一分理智，他就能成功運用海洋之心與之建立心理聯繫，可是現在的情況……等等！

白璟扭頭看了ㄚㄚ一眼，又看了慕白一眼，看了ㄚㄚ一眼，又……

「ㄚㄚ！」須臾，他下定決心，抱起企鵝鄭重道：「我有一項十分艱鉅的任務要交給你。」

「嘎啊？」

企鵝一歪腦袋，不知道為什麼剛才還滿臉驚恐的藍鯨，現在眼中多了一絲狡黠與幸災樂禍。

而正蓄勢待發準備攻擊的慕白，手臂上的骨翼突然顫抖了一下，像是有什麼不祥的預感。

下一秒，牠便看見那個激怒牠的挑釁者竟然直接游了過來。

他竟然不畏懼自己！慕白心裡又驚又怒。

還沒來得及反應，牠便被對方握住肩膀，對方捧著牠的臉頰，強迫雙方面對面地看著彼此。

「看著我。」

那近在耳邊的聲音，讓慕白不由得失神，貼在身上的溫熱軀體，也讓牠有一種懷念和隱隱的衝動。不知不覺間，就乖乖地對上對方的眼睛。

白環撫摸慕白外凸的鯊嘴，蠱惑道：「看著我的眼睛，大白。」

兩雙眼睛對上的那一刻，白環知道機會到了！

「ㄚㄚ！」

他大喊一聲，企鵝從身後飛快跳出，健步如飛，動作熟練，一個頭槌撞在慕白頭頂，力道之大，甚至將慕白撞得一個趔趄。

白環緊張地抱著慕白，抬起牠的下巴，試探道：「大白？」

然後他看見一雙鄙夷而又驚悚的眼神。

ㄚㄚ：什麼鬼？

白環：成功了！

他驚喜地回頭，看到漂在海面上躺屍的企鵝身軀。他小心翼翼地游過去，試著抱起企鵝。

屏住呼吸，看到的是頂著企鵝臉的一雙暴虐的眼睛。對方正試圖用最恐怖的表情，威嚇眼前這個不自量力的闖入者。然而，牠張開嘴發出的不是恐怖的吼聲，而是……

「嗚嘎？」

不可能！

「嘎啊！嗚嘎嘎！啊嗚！」

白璟在一旁捧著肚子，笑得直不起腰。他看著還沒明白現實的慕白，抹去眼淚道：「我果然，還是喜歡你這個模樣啊，大白。」

在他身後，披著大白恐怖外皮的丫丫游了過來，試著動了動左鰭。啪地一下，關節處突出的骨翼打到了牠自己臉上。

丫丫：老子不玩了，老子要換回去！老子討厭這個身體！

白璟連忙安慰：「別急，別急，你再等一會。等我調教好大白，你們就可以換回來了，哎呦！」

他話還沒說完，就覺得左手臂一痛，原來待在企鵝身軀裡的慕白不肯安分，狠狠一口咬上他的手臂。白璟從來不知道，被企鵝咬是什麼滋味。

他忍著痛，不顧肩上傷口的血再次湧出，而是安慰地拍著企鵝大白的背部。

「好了，好了，乖，大白。」

他將企鵝大白抱進懷裡。

「是我不好，都是我不好，你想咬就咬吧……」

嘗到嘴裡的血腥味，慕白卻沒有如之前那樣興奮，而是覺得心口悶悶的。

牠睜著企鵝黑色的小眼珠，看著眼前的身影，正疑惑自己為什麼會有這些反應，下一秒，一個溫熱的觸感貼上了牠的企鵝嘴。

「嗷吼！」

ＹＹ激動地揮著慕白的手抗議非禮企鵝，卻又被骨翼打到了臉。

而慕白，已經完全愣住了，牠感受到白璟抱著自己的體溫，耳邊傳來一個溫柔的聲音。

「讓我進去，大白，讓我進到你裡面。」

聽到這句話，本該心智全無的慕白莫名顫動了一下，白璟抓住他那一剎那的失神，成功潛入他的意識。

下一瞬間，一鯊一鯨同時陷入一片漆黑中。

這是哪？

白璟踩在一片瑩白色沙灘上，聽著潮汐拍打著海岸。迎面吹來鹹濕的海風，讓他恍惚間覺得又回到了南極。

他記得自己潛入了慕白的意識，怎麼會站在這裡？

「普飛亞！」

身後傳來一聲呼喚，白璟心下一驚，難道被人發現了？他回頭，看見一個披著獸皮的少年向自己跑來。

「我告訴你一個好消息，普飛亞！」少年抓住他的手臂，興奮道：「一個非常、非常好的消息！」

不不，你認錯人了。我不是普飛亞，也不是你情人，男男授受不親……

白環掙扎著想甩開他，卻發現自己根本無法動彈，驚疑間，他的身體不受控制地動了起來，伸手拉住少年。

「阿薩維亞。」

那是一個十分低沉、好聽的聲音。

白環一下子辨別出來，強烈的第六感提醒著他，這就是初代普飛亞。

最初也是最後的海神。

那麼，眼前的這個少年就是自己曾經在幻覺中見過數次，在壁畫上見過無數次，協助初代普飛亞建造了亞特蘭提斯文明的那個人？

白環瞪大眼睛，緊張又忐忑，然後下一秒他發現眼前這張臉長得和自己一點都不像。

心裡空了一下，不知是失望，還是寬慰。

第六十七章 X

白環曾經夢見過這兩個人。

第一次是在海墓，初次接觸到海洋之心，隨著觸電般的感覺，一閃而過的記憶竄入腦內。

第二次是被路德維希逼迫得走投無路，又一次看到關於過去的碎片。唔，那究竟是第二次，還是第三次？

算了，不管他。

總之白環記得每次看到這些回憶，不是莫名其妙地開始，就是戛然而止。直到今天，他還沒弄明白這兩人之間究竟是怎麼回事，沒想到現在竟然直接鑽進初代普飛亞的身體裡，以當事人的角度來旁觀一連串事件的發展了。

難道這就是慕白繼承的記憶？

白環按捺著躍動的心情，觀賞電影似地看著過去的事件逐步展開。

在這個時期，普飛亞已經進化成完全的人類形態，他可以在三種外形之間自由變換。

白環回憶著在亞特蘭提斯壁畫上看到的內容，此時，應該是亞特蘭提斯輝煌文明的最後一段時期，一部分海裔進化出了登上陸地的能力，人類也開始重返大陸生活。

這最後一段黃金時代告結的時候，究竟發生了什麼？

普飛亞和少年X在陸地上走著，白環總忍不住偷偷打量X。

當初聽說自己與X有許多相似之處，他腦補了很多內容，比如祖孫哽、轉世哽，甚至是狗血的替身哽！腦洞一開，就像脫韁的野馬一去不回。真的見到了真人，他才發現少年X和自己一點都不像，他們也絕對沒有血緣關係。

因為，X的頭髮是綠的！

綠油油的綠，你見過比青蔥還要嫩綠的頭髮嗎？沒見過，眼前這就是！

白環第一眼看到他，忍不住就想伸手去摸。

這頭綠髮究竟是怎麼長出來的，難道遠古時期已經有了染髮劑？哎，愛美之心果然是任何物種都無法避免的特質。

「你在看什麼？」X突然抬頭看了白璟一眼。

白璟心跳漏了一拍，差點就想說：我我我我沒看你，我我我只想摸摸你……

「阿薩維亞。」

一個好聽的男聲從白璟占據的身體內發出。

白璟鬆了一口氣，這才反應過來，X問的是普飛亞，不是自己。

「我可以回去了。」X收回視線，背對著普飛亞走在前面，「今天我已經接到聯絡，只是他們……」

他說到這裡吸了口氣，轉頭看著遠方。

順著他的視線看去，是一座正在建造中的簡易建築，用石頭堆砌而成，不少模糊的身影在建築旁來來回回忙碌著。

忙著建造石屋的有男有女，男性幾乎衣不蔽體，女性也只用樹葉和獸皮做最簡單的遮掩，孩子們則被細心地看顧在一起，只有少數一同參與建造的工作。

是人類！

白璟一眼就認出來了，這些沒有海裔外貌特徵的是純種的人類。

「他們在為我們建造神殿。」X看著那群彎腰忙碌的人類，看著他們布滿風霜的黝黑臉龐，眼中帶著悵惘。

此時，注意到X和普飛亞的人類們紛紛欣喜地跪拜，額頭緊貼著大地，胸膛裸露於外，表示對他們的神明最真摯的熱愛。

沒有一個人類臉上不帶著發自肺腑的尊敬和感激，這是無法偽裝的。

X卻扭過頭：「他們食不果腹，不去建造自己的房屋，卻先為我們建神殿。其實我為他們做的很少，根本沒幫上他們什麼。和本身就強大的海裔不同，我不能給予這些脆弱的種族更多的照顧。」

普飛亞拍著他的頭，溫柔地看著他。

你已經做得夠多了。

「我知道，我知道。」X嘆了口氣，接著朝他微笑，「在我離開之前，我會想辦法再多教他們一些東西。」

聽到這句話，揉著他頭髮的普飛亞微微一頓。

X敏銳地察覺到了他的情緒，小心翼翼地抬頭，忍不住將一直藏在心頭的想法傾訴出來，「如果我能回去，你能不能和我……」

他們的對話還沒說完，不遠處的海邊突然傳來尖嘯聲，X和普飛亞同時臉色一變，向聲音來源跑去。

等他們趕到海邊時，看到的就是一幅緊張對峙的畫面。

對峙的兩方，一方浮在海水裡，下半身在水中不時甩動，對著岸上露出尖銳的牙齒，發出示威的聲音。正是白璟最熟悉的，海裔半人型的姿態。

另一方，是拿著石頭和樹枝的人類，還有一些……完全進化成人形的海裔！他們還未完全褪去的海裔體徵，暴露了他們的身分。

白璟錯愕地看著，不知道這個局面究竟是怎麼形成的。

「你們做什麼！」X用意念呵斥道：「是誰引起了騷動？」

普飛亞靜默地站在他身後，散發出的威壓將兩邊的海裔和人類嚇得簌簌發抖。

「這裡是他們的土地，我已經說過很多次，禁止騷擾選擇回到陸地的人類和海裔。不要讓我再重複一遍。」

X以嚴肅的口氣呵斥著海裡的海裔們，白璟發現他的語氣帶著對人類的袒護。

這是怎麼回事？路德維希不是說X是被人類陷害才會死亡的嗎，為什麼他現在親眼見到的一切，卻和他以往的猜測截然相反？

一場騷動在普飛亞和X的強力鎮壓下，被迫終止了。白璟看得出，藏在兩個群體之間的矛盾並沒有消退，而X他們也明白這一點。

「為什麼一定要起紛爭？」X頭疼地揉著腦袋，「他們就不能老老實實地各自待著嗎？」

當然不可能。瞭解內情的白璟心想，一萬年後人類和海裔都進入戰爭狀態了，現在這些小矛盾又算什麼？不過，他倒是沒有想到，最初的裂痕不是在兩個種族間發生，而是在陸地與海水之間發生。

登上陸地的有人類也有海裔，他們顯然不打算再回亞特蘭提斯。而留在海底的海裔對他們背離家園，又帶走了首領感到不滿。

一開始也許只是小的摩擦，但是當衝突加劇，最終就會變得不可收拾。

「會解決的，一切都會解決的。」X自言自語道，「在離開之前，我一定解決他們的矛盾。實在不行，等我從家裡回來，也會找到可以幫忙的人。我有一個朋友，他最擅長處理這種事。」他感嘆了一下，轉頭看向普飛亞，「你相信我嗎？」

白璟發現「自己」彎下了腰，將下巴頂在了X的肩膀上。

「阿薩維亞。」

X噗嗤一笑：「差點忘記你只會說這一句。」

白璟心裡無比同意。起初他還以為初代普飛亞是在喊X的名字，現在才發現，原來是這位初代只會說這個詞啊！

他又想起，慕白和嘶嘶噠都曾對自己說過這個詞，它究竟是什麼意思？

X彷彿和他心有靈犀，道：「等我回來以後，告訴我它的意思吧。」

白璟不知道X說的「回去」，究竟是回去哪裡？他只知道，X沒有完成他最後的心願。

如果他成功了，人類和海裔不會變成現在這樣；如果他成功了，亞特蘭提斯不會沉沒海底；如果他成功了，他就不會在南極海底看到那些屍骸。

「我一定會成功的。」X信誓旦旦，眼中滿是對未來的期望。

白璟覺得有些心酸，突然想開口提醒他們，不久後這裡會發生一場災難，他們擁有的一切都會失去，千萬要做好準備。

這種不忍一場美夢在眼前破滅的強烈感覺，近乎衝破了身體的桎梏，下一瞬間，他發現自己能控制這具身體了。

哪怕這只是一段虛假的回憶，白璟也想開口提醒他們。

「快……」

然而他才說出一個字，便覺得渾身一輕，靈魂像是飄蕩在空中。接著，他眼睜睜地看見自己從普飛亞的身體裡飛離出來。

岸邊互相依偎的兩個影子離他越來越遠，越來越遠，直到破碎成黑暗中的碎片。

不要！

白璟驚呼，猛地坐起，驟然發現自己又回到了一片黑暗之中。這一次，黑暗中有另一個身影陪他。

「白……璟……」

沙啞的聲音穿透耳膜，白璟一下子就跳了起來。

黑暗中，一個銀色發光體閃閃發光。這種色澤、這耀眼度、這個手感……不是大白還能是誰？

「大白？」白璟小心地試探道。

慕白看向他，目光陰冷。

難道還是那個精神失常的狀態？白璟下意識地向後退。

誰知道慕白看見他的動作，一個鯊魚打挺坐了起來，衝上去撲倒白璟。

白璟緊緊閉著眼，等待著對方的牙齒撕裂自己的劇痛，然而等了好久，只感覺到吹在臉上的熱氣。

「大白？」

他睜開眼，看見的是慕白那張俊美無瑕的臉龐。

對方正咬牙切齒地看著他，質問道：「為什麼要親那隻蠢企鵝！」

語氣帶著滿滿的悲憤。

白璟：……哎？哎哎哎哎哎！

第六十八章　星空

頗具分量的軀體壓在自己身上，帶著海水潮濕氣息的鯊魚尾在腿上蹭啊蹭，還有那憤怒中又帶著一絲委屈的視線。

白璟伸出手，撫上慕白的臉頰。

「真的是大白？」

慕白微微瞇起眼：「不然你還希望是別人？」

熟悉得不能再熟悉的傲嬌語氣，讓白璟當即覺得眼睛有點濕潤。

這真的是他家大白，是威武霸氣不時傻氣側漏的大白鯊，而不是毫無理智像個野獸一樣的普飛亞。他激動地伸出手，就想要給慕白一個擁抱。

誰知道慕白絲毫不能體會白璟此時激動複雜的心情，煞風景地道：「你竟然把初吻獻給了一隻企鵝！」

「不不，你聽我解釋，那不是……」

「那不是你的初吻？」慕白眼中寒光一閃，「你第一次給誰了？你主動的還是他強迫你的？」

「大……」

「是公猴子還是母猴子？」

「猴子你個鬼啊！」白璟脖子使勁，一個頭槌撞在慕白額頭上，「你能不能分清事情輕重，現在什麼情況，關心那些沒用的幹什麼？」

白璟眼角都飛出淚花了，不僅是被氣的，還有剛才撞慕白腦門撞痛的。鯊魚腦袋比藍鯨腦袋硬多了，他真是幹了件蠢事。

慕白停下嘮叨不止的質問，揉了揉肉白璟的額頭。慕白的指甲有類似於野獸鋒銳利爪的骨質物，他小心翼翼地不弄傷白璟，輕輕揉著。

「對我來說，你的事最重要。」

白璟瞬間覺得快窒息了。媽呀，一陣子不見，大白鯊情話滿等，少男心開始往奇怪的方向發展了！

「咳咳，別揉了，先讓我起來。」他推開壓在自己身上的慕白，「這是怎麼回事？我之前看到的那些是……」

「是『我』的記憶。」慕白說，「你看到的只是其中一部分，而它裡面包含的是歷代的『我』的過去。」

「它？」白璟順著他的視線望向自己小腹，瞬間感覺到肚子裡有什麼東西賣萌似地振動了一下。

「噗啾。」

白璟忽視那詭異的聲音，繼續問大白：「所以，歷代普飛亞的記憶，都保存在海洋之心裡？」

「是的，只有被承認將會繼承首領位置的海裔，才會得到記憶傳承。海洋之心會主動呼喚合適的傳承者，讓他繼承記憶與能力。」他說這句話時，意有所指地看向白璟，「但是這種情況，一般都在上代首領死亡之後。」

白璟仔細回想自己與海洋之心以及大白的初遇，頓時嚇出一身冷汗。

他不就是聽到莫名的呼喚才找到了海墓嗎？還在那裡遇見慕白，差點沒被當成闖入者幹掉！現在想來，如果這是海洋之心在召喚下一任首領，在大白還活得好好的情況下，不就是篡位？

怪不得剛開始接觸海洋之心的時候，大白鯊旁敲側擊問了幾次他有沒有看見什麼，原來是在警惕篡位者啊！

白璟連忙舉手發誓：「我我我我一點想當首領的念頭都沒有，我是被逼的，你相信我！」

慕白咧嘴一笑，露出一口發光的大尖牙：「沒關係，即使你想要這個位置，我現在也不介意。」

「那……那要是在我們剛認識的時候，你就發現了呢？」白璟嘴賤地多問了一句。

慕白不假思索道：「我會把你關起來，在我死亡之前，不會讓你接觸其他生物。但我也不會傷害你，畢竟你是下一屆首領。直到我死為止，你不會有逃開我身邊的機會。」

……咕嚕。

白璟咽了下口水，這果真是慕白做得出來的事。他應該覺得很可怕才對，為什麼想想竟然還會覺得有點帶感，不，是十分帶感！難道自己什麼時候變成了受虐狂？

為了阻止自己繼續遐想下去，白璟拍拍褲子站了起來。

「你知道我們現在在哪嗎，大白？我本來是為了救你才潛入你的意識，可是現在好像出不去了。對了，你究竟怎麼回事？我在外面看到你的時候，你根本認不出我。」

「他傷到你了嗎？」慕白淡淡地問。

「什麼？」白璟一愣。

「那個徒有其表的軀殼，他有沒有傷到你？」慕白純黑的眼睛看著他，細小的星辰在其中跳躍。

白璟臉一紅，下意識將左肩往後挪，「沒……也沒……」

慕白哪會那麼容易被騙，他一把抓住白璟的小腿，讓剛剛坐直的白璟又一屁股跪坐在鯊尾上，兩腿被粗壯的鯊尾分開在兩側。

「你受傷了。」慕白低聲道，手指從白璟的肩膀滑到鎖骨，「對不起。」

他說話時的吐出的熱氣噴在白璟耳朵上，白璟瞬間滿臉通紅，感覺全身汗毛都豎了起來。

「大……嗯！」

白璟發出一聲猝不及防的呻吟，慕白竟然在舔他的肩膀！濕滑溫涼的觸感，隨著神經連結到心裡，癢癢的，又讓他手足無措地不知道該搔哪裡。

「那只是一個軀殼。」慕白一邊做著害羞的事，一邊說，「我的意識被封存在這裡，無法控制自己的身體。現在操控我軀殼的只是獸性，他很危險。」

他頓了一頓，道：「如果你要殺了他，最好……」

白璟一個激靈，整個人都清醒了：「我為什麼要殺了他？」他吼道，「我是來救你的！我發誓，不把你完好地帶回去，我自己也不回去了！」

慕白停下動作看著他，表情專注，似乎要將白璟臉上每一個細微的變化都收入眼底。

「你要和我殉情嗎？」他輕笑道。

這是白璟第一次這麼近距離看見他笑，嘴角輕揚，眉毛微微挑起，眼睛裡彷彿有一整個宇宙在閃爍。

白璟頓時覺得自己呼吸有些不順暢，「我、我們什麼情誼啊，為兄弟兩肋插刀在所不惜，你不回去我也不回去了。」

「哦。」慕白淡淡道，「鯊魚沒有兄弟情義，在母體內的時候，我們就會為了生存吞噬彼此。」

白璟惡寒了一下：「那……朋友？」

「人類的社交關係對我不適用。」慕白直直看著他，「我跟你說過，我唯一忠誠的、願意為他付出一切的對象，只有我的伴侶。」他漆黑的眼睛，好像第一次變得如此炙熱，「我可以為了他付出一切，也願意為他改變自己。為了滿足他的要求，我可以做任何事。」

他緊緊握著白璟的雙臂，不讓他逃離自己：「你的回答呢？」

白璟覺得渾身的血液都在躁動，這個時候要是再不明白慕白的深意，他就不是遲鈍，而是智障。

捫心自問，他其實對此早就有所預感，並且一點也不排斥。

每一個南極夜晚的陪伴，每一次不得已看著慕白的背影，每一個旖旎的夢境中，一點一點地，水到渠成，白璟掉入大白鯊的碗裡。

「如果我……答應你了，你會和我一起離開這裡嗎？」白璟輕聲問。

慕白銀色的眼睫毛微微顫動了一下，他握緊白璟的手。

「我說過，我會為你付出一切。」

白璟緊張地咽了口唾沫：「那，好吧。不過你以後可不要後……」話音未落，他的嘴已經被一雙溫柔的唇瓣堵住。

他第一次知道，原來鯊魚的嘴除了用來撕咬生肉外，啃起鯨魚的嘴巴也能那麼凶猛。

兩人摟在一起纏綿了許久，慕白才鬆開他，出聲道：「你繼承記憶吧。」

「什麼？」此時，白璟因為缺氧，腦袋還有點暈暈的。

「繼承了所有的記憶，你就可以知道前因後果，我們就能離開這。」慕白道，「送你來的那些人也是這麼對你說的吧。只有我們共同承擔記憶，你才能阻止我繼續獸化。」

「真的是這樣？那我們出去以後……」白璟想到了外面那堆麻煩事。

「總有辦法解決的，我相信你。」

慕白說著，將他摟到自己懷裡。

「這是一萬年的光陰、無數個潮汐，我想和你一起分享。」

「嗯。」

大概是大白鯊第一次這麼溫柔，白璟根本沒注意到他話語裡的異樣，而是閉上眼，接受了這份記憶傳承。

意識空間裡，兩人之間慢慢亮起一點白光，那些白色的光暈從慕白身上，一點一點地移到白璟身體裡。

對於一生不到百年的人類來說，一萬年的記憶根本無法用刻度來衡量。即便只是匆匆掃過，走馬觀花地看著那些記憶，對於白璟來說，也是十分可怕的負荷。

他幾乎是親眼看著這個世界滄海變桑田，王朝興起又滅亡，無數個生命誕生，又隨著整個物種一起消失在歷史長河裡。

在這一萬年，唯一不變的只有頭頂的浩瀚星空，於是，每一任普飛亞都養成了仰望夜空的習慣。

在他們的視野中，宇宙不是黑色的，而是充滿了希望與期盼的光彩，那閃爍的每一顆星辰，似乎都帶著來自億萬年前另一個世界的訊息。

「阿薩維亞。」

等待，永恆，唯一。

每一次，他們仰望星空時總會不由自主地喊出這個詞。那是刻在記憶裡的銘痕，永遠不會忘記的承諾。

我等你，在每一個潮汐，每一次霜降。

當你回來的那天，我就會告訴你，我……

白環猛地睜開眼，映入眼簾的是繁星閃爍的夜空。那一瞬間，他恍惚覺得自己還沉溺在過去的記憶裡，直到耳邊海浪拍打的聲音驚醒了他。

「大白！」

他猛地坐起，四處環顧，先是看到了回到身體裡的企鵝ㄚㄚ。

大白不在ㄚㄚ身體裡，那麼，他……

一雙有力的大手從身後環住了白環：「我在這裡。」

白環驚喜地轉過身：「你變回來了，你沒事了，大白！」

他看見慕白立於水面，上半身裸露在外，面容恢復了以往的俊美，醜陋的斑痕退了下去。雙臂關節處的骨翼在他身後展開，骨翼發出瑩白的光暈，襯托著他完美無瑕的面容，俊美若天神，那麼不真實。

唯一不同的是，慕白銀色的頭髮如今暗淡成灰。

白環沒有發現這一點，他伸出手迫不及待地想要觸碰慕白，卻在碰到他手臂的一瞬間——

砰。

似乎是什麼東西破碎的聲音。

巨大的骨翼一觸即碎，剎那間化作閃著銀光的灰塵，消逝在喧囂的海風中。

「……大白？」

白環呆呆地看著這一幕。消逝的銀色光塵，隨著海風撫過他的臉龐。

「我會為你付出一切。」

言猶在耳，慕白環抱著他的手無聲地垂下。

第六十九章 繼承

「大白？」白璟試著抓住慕白的臂膀，「你怎麼了，為什麼不說話？回答我啊！」

慕白的雙眼緊緊閉著，那雙高興起來便有星子跳躍的黑眸，沒有如以往那樣牢牢盯著白璟；那雙曾經用力束縛白璟的雙手，此時也無力地垂在兩邊。

白璟唇瓣顫抖，沙啞道：「你是不是……」是不是太累了，睡著了？

他自欺欺人的想法還沒有出口，慕白失去控制的身體再也無法立在水面，漸漸往海裡沉去。白璟心下一驚，緊緊抱著半人鯊的身體。

慕白的頭顱輕靠他的肩膀，灰色髮絲與黑髮纏綿相繞，然而沒有聲音……白璟聽不到半點，大白鯊心臟跳動的聲音。

像是孤獨地在風暴中迎風破浪的船隻，終於在某一天，停下了它疲憊不堪的航程。

慕白的身體變得比以往更寒冷，又彷彿如岩漿一般炙熱，幾乎快要燙傷白璟的靈魂。

「嗚嘎？」

換回自己軀殼的ㄚㄚ看著他們，不明白藍鯨為何一直死死抱著海神大人不鬆手。牠試著用翅膀拍打白璟的手臂，白璟卻無動於衷，只是抱著慕白。

月光穿透雲層的間隙，灑落在兩人身上，像是為他們披上一層銀紗。白璟抱著慕白，兩人頭耳相纏，佇立於風浪之間。

你是誰？

等我，我一定會去找你。

白痴！

白雞，拜金，白璟。

亞特蘭提斯會有一切祕密。

我唯一忠誠的對象，只有我的伴侶。你的回答呢？

一萬年的歲月、數萬個潮汐，想與你一同分享。

繼承記憶吧。

普飛亞的繼承，向來只有在上代首領死亡後，才會延續。

我願為你付出一切。

白璟摟著慕白冰冷的身軀，像是要將靈魂嘔出心口那樣哭號著。

「啊啊啊，啊啊啊啊啊！」

原來是這樣！原來是這樣！

什麼調和，什麼共同繼承記憶，都是假的！要想阻止慕白獸化，唯一的辦法就是新首領繼位，慕白自然會因為失去力量而死亡。

那些人類送他來的時候就知道這一點吧！說要與他分享記憶的慕白，也知道這一點吧！可是他，還是將自己一個人丟在這裡了！

像是一隻負傷的野獸，白璟劇烈地顫抖著，他流淌下的淚水，依然無法給冰冷的慕白帶來一絲溫熱。

白璟不敢相信，這雙曾經點亮了他整個世界的黑眸，就這樣閉上了，再也不會用炙熱的眼神看著他了。

這個強大得讓整個世界簌簌發抖的海裔，就這樣自願獻出了他的生命，因為他不願意做一個失去理智的野獸，傷害他的愛人。

所以，將力量傳承給白璟，是慕白最後、也是唯一的選擇。

是道別。

「嗚嗚。」丫丫被白璟歇斯底里的哭泣嚇了一跳，和小海螺在一旁擔憂地看著白璟，不明白他究竟是怎麼了。

海神大人為什麼不動了？

「沒什麼。」

白璟抹去臉上的淚水，抬起慕白的臉龐，仔細地看著。

「他只是睡著了。他太累了，要睡一場很長的覺。」他低下頭，在慕白的唇瓣輕輕印上一吻，「晚安。」

海風吹散慕白的長髮，拂過白璟的臉龐，似乎是在回應他的吻。

晚安。

他多想讓時間停留在此刻，只有慕白和他存在於這個世界。然而白璟知道自己做不到，他還有很多事情要解決。

在這黑暗冰冷的晚上，還有很多人在掙扎前行；在這個時間，也有很多人為自己的陰謀而大笑。

真煩，白璟想，他多想靜靜地和慕白待在一起，從此哪裡也不去，但是事情既然從自己開始，也該由自己終結。

「等我處理好這件事，就回來陪你。」

他輕輕地放下慕白，看著他沉入深海。

白璟的眼眸慢慢變深，須臾，整個海面發生異變，白色的冰霧縈繞在空氣之中。不出幾分鐘時間，整個海域都被凍結，猶如一座巨大的冰棺。

白璟知道，自己的心也在此刻凍結了。

「我會帶你回到我們最初相識的地方。」

他俯下身，輕柔地吻了下冰面，隨即抬頭看向東方，那雙眼睛驟然變得渾然漆黑。

白璟化為人類的身軀，站立在海冰上。白霧化作他的衣裳，海浪凝為他手中利劍，夜色如同為他奏歌的美人。

世間萬物，都在歌頌著這位剛剛誕生的「神明」，就連月光，也總是忍不住徘徊留戀於他。

直到他消失於黑暗之中。

「老大！颱風越來越接近了！」

「還有五分鐘，海嘯就要登臨岸邊，我們沒有時間撤退了！」

「剛剛偵測到，各大洋海底又發生了多次地震和海底火山噴發，南極冰山突然以百倍速度加速融化，我們……」

指揮室內一片慌亂，人們監控著螢幕上的最新情況，心裡越來越慌亂。

大海在表達著它的憤怒，各種異樣氣候集齊於一時，哪怕有人說今日就是世界末日，也不會有人懷疑。

「怎麼可能！這一切都是大災害的徵兆，可是不是還有五十年嗎，為什麼這點時間都不給我們？」

一位研究員忍不住低吼。

室內有人沉默，也有人低聲哭泣。

衛深握緊了拳頭，「白環那邊的情況呢？」

「暴風點已經離開了他和普飛亞所在的區域，我們偵測不到他們的動靜。」一名研究員道，「可能……失敗了。」

室內陷入死一般的沉默。難道連最後的一絲希望，如今也要破滅了嗎？

「老大……」李雲婷擔心地看著他，「小環不會有事吧？」

衛深沉默許久，苦笑地搖著頭，沒有回答。

「執行任務的艦隊返航了！」有人道，「沒有……白環沒有跟著他們一起回來。」

看來計畫真的失敗了。白環沒有阻止普飛亞的暴動，災難將會繼續。衛深清楚地知道，如果計畫失敗，等待人類的將會是什麼。不只一次的自然災難，會毀滅大多數人口，然後是越來越惡劣的環境、越來越狹小的生存空間。直到最後，人類不是滅亡在彼此手中，就是被這藍色的星球吞噬。

「老大！小環為什麼會失敗，你知道原因對不對？」李雲婷激動道，「為什麼要送他去執行這麼危險的任務，他根本不是那隻大白鯊的對手。你是送他去死！」

「危險？」衛深看著她，「站在這裡的每個人，誰不是冒著必死的決心執行任務？」

李雲婷愣住了，他第一次看到衛深露出這樣的眼神。

「在這裡的每一個人，為了找出讓親人繼續生存下去的辦法，即便將自己的性命留在這裡也在所不惜。」衛深說，「拯救人類？我們沒有那麼高尚，我們想拯救的不過是自己愛的人而已。為了這個計畫，至今已經犧牲了多少人？包括妳的父母，雲婷！他們和我們，早就都做好了赴死的準備。」

「可是，小璟他和此事無關啊！」

「有關！他的母親生下他，就是他使命的開始！」衛深激動道，「既然他有這個能力，就要承擔這份責任！如果我是他，我也會毫不猶豫地……」

「毫不猶豫地為一幫不相干的人送命？人類……不，你還真是會說一些冠冕堂皇的話啊，兄長。」

耳邊傳來一個嘲諷的聲音。

「路德維希？」

所有人驚訝地回頭，看見一個他們根本沒想到的人出現在這裡。

淡金髮色的男人站在門口，鄙夷地望著他們。

衛深錯愕道：「你怎麼會……」

「怎麼會出現在這裡？怎麼會知道你我的關係？其實該知道的，早晚會知道，不過時間問題而已。就像我，也早該猜到你的計謀。畢竟在利用白璟上，你比我還擅長，該說真不愧是同一個血緣誕生的嗎？」路德維希笑道。

「你怎麼有臉說這種話！」李雲婷憤怒道，「如果不是你再三挑撥人類與海裔的關係，事情不會變成這樣！」

「事情為什麼不會變成這樣？大災害難道是海裔造成的嗎？可笑，說白了都是你們人類自作自受。不敢面對自己製造的惡果，還想製造一個可憐的救世主，讓他替你們承擔所有的責任，真是偉大啊！這其中的確有我在推波助瀾，但是你也功不可沒。」路德維希看向衛深，「還在期待『善良』的白璟會回來解救你們嗎？恐怕你們的期望要落空了。」

衛深瞳孔一縮：「你知道什麼？」

路德維希輕笑一聲，跨過他，望向一片沉寂的海岸。

「不是我，是我們。今晚所有的海裔，都能感受到，新的時代來臨了。」

隨著話音落下，黑色海平線的盡頭，漸漸出現一層白色的斑點。

「雪花？」

一名站在艦船上守衛的士兵疑惑道：「為什麼這個季節會下雪？天啊！」他錯

愕地看向海的那一面，一片白色，紛紛揚揚從天落下。

摩西渡海，不過是把紅海劈成了兩半。

誰能想像，有人能將整片海洋化成冰川，如履平地地走在上面呢？

他就這樣帶著夜的深黑與雪的淒白，伴著奇蹟般的景象出現，又彷彿孤立於整個世界之外。如深夜的行者，走入每個人的視線裡。

「那慕白的慕是什麼意思？」

「是愛慕啊。」

捏碎一片雪花，蒼白的唇畔輕輕開合。

我最後悔，沒有在你生命最終僅存的時間，告訴你這句話。

海面上的人抬起雙眸，冰冷地望向對岸。

就讓這一切都結束吧。

第七十章 鯨之海

狂風砸在臉上猶如重拳，一擊又一擊，直到把人擊潰，再也沒有與風浪搏鬥的勇氣。

衛深曾以為，自己並不是畏懼困難的人，哪怕再多風險，他也早就做好了心理準備。然而，看到眼前這一幕，他心底的防線徹底斷掉了。

從海平面那端走來的人是白璟嗎？那個曾經帶著他們乘坐鯨背，哪怕再困難也可以笑出聲的白璟？為什麼現在，更像是一具行屍走肉！

「你對他做了什麼？」衛深一步上前，狠狠抓住路德維希的衣領，「你對他做了什麼！」

「為什麼不想想你自己，親愛的哥哥？」路德維希無所謂地看著他，「你把他送到風口浪尖的時候，難道就沒有想過現在這個場面？」

在他們對峙時，旁邊負責監測的人員正一秒不漏地關注著白璟的情況。

「天啊，他身上代表精神力的藍色已經……」一名數據人員驚呼。

「怎麼樣？」旁邊一人推開他，湊到顯示器前。

只見螢幕正中，一片濃郁的藍色逐漸侵襲整個畫面，更有向外擴張之勢。

很多時候，藍色被用來描述人類或其他生物的精神力，對一般人而言，如果他們精神力強大，會在螢幕上顯示出一個耀眼的藍點。

李雲婷曾做過這個測試，她的精神力在普通人中已算是頂尖，顯示在掃描器上也不過是一個墨水般的痕跡而已，與現在這片藍色相比，簡直就如水滴與海洋、沙粒與沙漠一般，渺小得可憐。

「我見過，我見過這個！」數據人員瘋瘋癲癲道，「在南極監測普飛亞的時候，精神力數值就是呈現滿溢狀態，但是也沒有現在這麼恐怖！」

「衛星影像，快！」衛深一把推開路德維希，「我要最新的即時全球掃描結果。」

幾分鐘後，從衛星發過來的攝影照片進到了眾人眼中。

在這顆藍色星球上，密密麻麻分布著數億個藍色小點，它們與星球交相呼應，彼此影響。而在衛星影像拍到的某一處，一片暈染開的藍色，比那數億個小點都引人注目，它像是一股緩緩流動的水流，不斷向外擴張。

從外太空拍到的這張圖上，還能看到星球內部的藍色正在與這一抹龐大的藍色互相融合。

再沒有別的藍，能與這一片懾人心魄的藍相提並論。

「這、這是怎麼回事？」李雲婷道，「如果這片藍代表小璟繼承普飛亞後的精神力，那隻大白鯊呢？他們不是應該一起出現嗎？為什麼……」

為什麼本該兩個海裔承受的力量，現在全灌注到了白璟的身上？

原本的計畫是讓白璟分流慕白失控的力量，這樣他們都可以保持理智，可是照現在看來，力量完全由白璟一個人繼承了。這樣別說變得更穩定，崩潰簡直是必然的事。

如果這個時候白璟想做什麼，已經沒有人能阻止他了。

「不可能！為什麼，問題究竟出在哪裡？」衛深一拳砸在桌面上，「繼承儀式順利的話，他們應該都可以免於獸化，由兩個主體分擔海洋之心的能量……是你！」他豁然轉身看向路德維希，咬牙切齒，「你給我的資料是假的！你故意算計我們！不，不可能，就算你給了錯誤資料，但是我的實驗……」

「實驗資料照樣會受到干擾。不這麼做，你怎麼會相信我的資料，天真地認為讓白璟繼承普飛亞，就能讓他們都活著回來？我可憐的哥哥，這世上根本沒有什麼讓兩代普飛亞一起活著接受繼承的方法。那隻大白鯊已經死了，所以白璟也瘋了。」

路德維希輕笑：「你的確很聰明，但是心還不夠狠，哥哥。你要利用白璟，就要利用徹底才對。你看他現在是多麼強大、完美！世上沒有任何人能打敗他，這才是最強大的海裔！」

「世界也會因此毀在他手裡！你瘋了嗎？」衛深嘶吼道。

「我是瘋了！那就讓一切都結束吧，一切，一切！」路德維希狀若瘋狂道。

「畜生！」衛深不再理會他，轉身向周圍眾人道，「你們都去地下基地避難，現在，立刻！白璟可能失控了，局勢不再受到控制。快啊！愣著做什麼！」

房間裡留守到最後的研究人員紛紛魚貫而出，向事先準備的避難地逃去。

李雲婷最後一個離開，她轉身想要詢問衛深有沒有看到她哥，卻發現一個蒼老的背影打開艙門，毫不猶豫地走入風雨之中。

「老大！」

砰！船艙的鐵門重重關上，沒有人回答她。

海風吹在臉上，卻一點都感覺不到刺痛。

白璟踩著腳下冰凍的海面，一步一步地走進港灣，沒看到半個人影。整個海岸都是一片黑色，平時被燈光點綴的海濱城市，如今只聽到狂風呼嘯。

不，大概，那些駐守在港口的軍艦上還是有人吧，不然那些炮口怎麼會自主移動，全都對準了自己？

白璟微微掀起唇角，抬起左手一揮。耳邊傳來寒冰破碎的清脆聲音，只見數艘軍艦的炮口全被冰雪凍住，猶如一具具僵死的屍體。偶爾有頂著狂風的空勤直升機在夜空飛過，紅色的光芒一明一滅，就像是在暗夜中窺視著他。

明明寂靜得可怕，白璟卻彷彿看到整座城市在他面前簌簌發抖的模樣。

原來掌握力量，是這麼美好的事。

他只要一個抬手，便可以掀起一道巨浪，摧毀一座城市如此輕而易舉。

白璟看著自己的手掌，有些出神，海水在他的操控下凝聚成數十公尺高的巨大波浪，如同亟待出發的野獸蠢蠢欲動。

「白——白璟！」

狂風中似乎有人在喊他的名字，聲音太微弱，以至於一開始根本無法聽見。

白璟皺起眉，轉向聲音傳來的方向。

「是我，我在這裡！你看過來！」

衛深拉著路德維希，踉蹌地走在甲板上：「看這裡！白璟，你還記得我們是誰嗎？沒錯，一切都是我和他策劃的。」

他迎著狂風吼道：「你之所以承受這些都是因為我！如果想要報仇，就來找我，不要牽扯其他人。我願意償命！為你的慕白……」

聽到那個名字，白璟的瞳孔痛苦地縮緊。

一道巨浪襲上甲板，將衛深掀翻。

「你沒有，資格，喊他的名字。」白璟的聲音穿透夜幕，帶著令人膽寒的壓迫感。

「咳咳，是啊……」撞在船舷上的衛深艱難地站起來，「我沒有資格，一切都是因為我，所以你殺了我吧。結束我的生命，如果這樣能彌補你受到的傷害，我願意……唔！」

一道海浪化成的巨手猛地捲住衛深，將他困在裡面。

「你以為我不敢嗎！」白璟憤怒道，「你以為到了這個地步，我還會被你的花言巧語所騙？你害我失去了一切！」

「是啊，是我的錯……」衛深閉上眼，「就做你想做的吧。」

白璟看著這張臉，激烈的情緒在胸膛醞釀，他幾乎控制不住真的要將衛深撕成碎片。

沒有親人，沒有慕白，既然在這世上已經一無所有，他還需要顧忌什麼？不如，索性……

「不要！」

一聲尖銳的驚呼貫穿白璟耳膜，他心下一顫，看見李雲婷哭泣著飛奔到衛深身邊，拚命卻徒勞地想要將衛深從束縛中解脫出來。

「不要這樣，老大，老大……小璟！」她抬頭看向白璟，「求求你，求求你不要殺死老大。求你了，小璟！」

白璟心裡酸澀，憤怒道：「那我呢！妳求我，我可以去求誰？」他瘋狂地嘶吼，「我去求誰，才能讓他們把慕白還給我？妳告訴我啊！妳說啊！」

海浪一波接著一波拍打在他們身上，白璟絲毫不受影響，李雲婷卻狼狽不堪。發現自己無力救出衛深，她索性轉向白璟磕頭。

「求你，小璟，我求你，求求你……」

人類的力量多麼渺小。白璟心裡道，連靠自己奮鬥一把的機會都沒有，只能哀求敵人，多可笑。

可他還記得，當日，那個意氣風發的機車騎士站在橋下看著他。

「喂，上面的傢伙！快跳！我帶你跑！」

如今，她卻卑微得如同螻蟻。

「夠了，雲婷，夠了。」

一雙手突然伸出來阻止了李雲婷的哀求。

李雲行扶著自己的妹妹起身，將她牢牢抱在懷裡。

「哥！老大他……小璟他……」

「我知道，我都知道。」安慰著妹妹，李雲行看向站立於風浪之中的白璟，推了推眼鏡，「你想要我們怎麼贖罪？我知道，我們利用你，虧欠了你太多。如果你想要平息怒火，衛深和我的命，你都可以拿去，但別牽扯到雲婷。她沒有虧欠你什麼，她是無辜的。」

「哥！」

李雲行攔下妹妹：「我們要對自己做的事負責。」

白璟平靜地看著這對兄妹：「我要你們的命做什麼？毫無意義。」

「的確沒有意義。」李雲行說，「但這是我們能給予你的，最高的賠償。」

「你捨得？」

「沒有什麼捨不得。我們的父母為了研究大災難，死在了海裔手中，這就是代價。人類想要活下去，總得付出代價。現在，只是到了我付出的時候。」李雲行看著他，「我們做錯了，無論錯的原因是什麼。錯就是錯，我願意贖罪。」

白璟看著這些熟悉的面孔，看著他們信誓旦旦地要以死贖罪，心下不由得動搖。自己真的想要他們死嗎？如果他們死了，心裡因為慕白而留下的空洞，就會能痊癒嗎？

這個世界，究竟還剩下些什麼……

白璟遲疑了，束縛住衛深的海水逐漸褪去。

「啊，夠了！我真是受夠這噁心的戲碼！」突然有人道，「這些人害你害得還不夠慘？你還要蠢到什麼時候？消滅人類，現在是最好的機會，為何要放棄！」

砰！砰！

兩聲槍響，李雲行和衛深接連倒地，流出的鮮血混入海水，侵染了海面。

「哥，老大！」李雲婷驚慌地撲上去，怒視兇手，「你這個畜……」

「畜生是嗎？我是。」路德維希溫柔一笑，繞過了他們。趁所有人錯愕間，他換了一支槍，指向白璟。

「既然你無法掌控力量，就由我來吧。」

這個混蛋！白璟試圖操控海水制止他，卻驚訝地發現自己無法動彈，再看腳下，衛深體內流出的鮮紅血液隨著海水，流到了他身邊。

「剛剛繼承力量的普飛亞，最容易被海裔的血液影響。」路德維希微笑，「難道你還沒記住教訓？」

一瞬間，慕白在南極承受上百枚炮彈攻擊的畫面，再次浮上眼前。

「你！」白璟沒有再說話的時間，子彈擊發。

噗茲！子彈鑽入血肉的聲音，在狂風暴雨的夜裡清晰地傳入到了每個人耳中。

血液順著傷口流了出來，怎麼也無法止住。

「不——」李雲婷驚呼。

「不可能！」路德維希搶在她前面，「為什麼你會在這裡！」

他憤怒的對象不是白璟，而是擋在白璟身前的人影。那人身上披著一層看似堅硬的奇怪紋路，卻依舊沒有擋住子彈，胸前的大洞正在汩汩流出鮮血。

「我說過……」他抹去嘴角的血跡，「不要把我一個人丟下，三胖。」

「白圭！」白璟驚訝道，「你怎麼會這裡？」

「因為我要負責監視你到最後。」

白璟吼道：「既然這樣，為什麼要救我？你不是恨不得我去死嗎！」

「我不這麼說能瞞過他的耳目嗎！」白圭氣急敗壞，「要是被人看出來我不是真的討厭你，我還怎麼完成……保護你的任務。你——咳咳！」

白圭激烈地咳嗽起來，又嘔出更多的血。

「你真是太蠢了，白璟。」他低笑道，「還是那麼蠢，和我第一天，趴在你頭上時一模一樣。」

趴在我的頭上？白環突然想起了什麼。

鯨三胖第一次浮出海面時，頂著一隻不知從哪裡冒出來的海龜。那是他第一次以藍鯨的身分出現在這世上，就陪伴在他身邊的生物。

那是……白圭？

「白環，我恨人類。」

「你在為路德維希做事？」

「監視？他是這麼跟你說的？」

在白家的追捕、在山村的捨命相救、再次重逢時的立場對立……為何每次都這麼巧，每次白環遇到重大變化時，白圭都會出現！

「你說保護我的任務，是誰，是誰讓你保護我！」白環緊緊抓住他。

「還能……有誰？當然是那個付出一切，將你帶到這世上來的人……」白圭有氣無力道，「我真後悔……小時候不該貪吃你們家的燒餅，我……」他昏迷了過去。

媽媽？

是，妳嗎？

「胖胖，無論發生什麼事，不要恨任何人。」

是妳預料到我會遭遇這些，所以提前告訴了我那些話，提前安排了人保護我？

是妳……一直在愛著我？

「你母親不是因為實驗，是因為愛你才生下你的，白璟。」

衛深的話又迴盪在耳邊。

白璟緩緩站起身，將失去意識的白圭抱在懷裡，為他止住傷口的血。

「為什麼！」路德維希憤怒道，「為什麼你可以恢復行動能力？」

「可以化解禁錮的只有同族的血脈，咳咳。你連這一點都不知道嗎？」衛深笑著看了他一眼，「是啊，因為這世上根本沒有人願意為你流血。」

「你！」路德維希雙目通紅，抓起槍走向衛深。

然而走到一半，就被白璟用海水化作的冰控制住，整個身體都被凍結起來。

這個時候，他反倒平靜下來了。

「你要殺我？」路德維希問。在他看來，如果計畫註定失敗，那麼只有白璟有資格殺了他。這也算是榮耀的結局。

「不，殺你只會髒了我的手。」白璟將昏迷的白圭放在甲板上，對李雲婷道，「幫我照顧好他。」

接著，他問衛深：「海嘯還有多久會抵達這裡？」

「還、還有不到半個小時……」衛深顯然沒想到他會問這個，「不只是海嘯的問題，現在整個星球的海域都在發生異變，不可能解決……」

「你又想做什麼，做個無私的救世主？」路德維希紅著眼道，「你不會還想幫助這群人類吧？就因為他們在你面前流了點可笑的淚水和血？哈，太愚蠢了！拯救他們你能得到什麼，不值錢的感激嗎？別做夢了！」

「那麼毀滅人類，我能得到什麼？」

白璟看向路德維希，如慕白一樣漆黑的眸子裡，不再有劇烈的情緒起伏。

「既然毀滅與拯救都不能改變我的處境，我選擇哪一邊又有何分別？」

路德維希大吼：「你簡直是聖母！你得不到，不能讓別人也得不到嗎！你失去了，不能讓別人失去更多嗎！你痛苦，就要讓他們痛苦一百倍！你應該殺光他們，而不是拯救他們！」

「殺死他們可以得到我想要的嗎？」白璟冷冷問。

殺了衛深或者別人，慕白能復活嗎？媽媽能復活嗎？他能回到以前的生活嗎？不能。

那麼，他的心裡會因此好受一點嗎？復仇的快感會讓他忘記痛苦嗎？或者說，殺死這些人，真的就是對他們的懲罰嗎？

白璟不這麼認為。

對於路德維希，對於衛深，恐怕他們都是為了自己的信念甘心一死的人。只有求而不得，才是對這種人最大的懲罰。

路德維希猙獰道：「那你想要什麼，你告訴我！權力、地位還是其他？我都可以給你！你給我殺了他們，殺了這些人類！」

「我想要的你給不了。但是，我可以自己選擇。」

說完，白璟突然掀起唇角，在路德維希耳邊留下一句話。

看著對方崩潰的表情，白璟終於覺得心裡舒服一點了。他退開船舷，乘著海浪，開始向南進發。

身後似乎有人呼喚著他的名字，不過，已經不重要。

白璟想，他終於能完成他的心願了。

慕白，等我。我不會再讓你一個人孤單地沉睡。

後世載入史冊的西元二十二世紀中葉的那一天，改變了這顆藍色星球的歷史。

那一日，史無前例的海洋災難侵襲了全世界，在世界各地奪走眾多生命，這片大陸面臨著被海水吞噬的危險。往日自命不凡的人類，在自然的怒吼前，如同一片浮葉上的螻蟻，只能等待毀滅來臨。

然而，一切在某一刻戛然而止。

怒吼的狂波退回海面，呼嘯的風雨逐漸止息，就連顫動的大陸也平息了它的怒火。就像被人按了停止鍵，一切都恢復原樣。

同一時間，南極，一道史無前例的極光映入人們視野。橫亙整個天空的彩帛，肆無忌憚地招展著它驚心動魄的美麗。

就像是用生命點燃的色彩。

「聽啊，好像有什麼聲音？」

海邊倖免於難的人們紛紛交頭接耳。

接著，一聲又一聲，從沒有那麼清晰過，他們聽見了從遙遠的深海傳來悲慟的鯨之歌。

如同象徵著落幕的休止符，游弋於海洋的巨人不斷徘徊，傳遞著牠們的歌聲。

永不止歇，悼念之歌。

西元二二一五年，十月，經歷大災難後，人類政府正式承認海裔的存在。經過一連串的暴動與衝突，一年後，雙方於南極定下永久和平條約。

條約規定：

人類與海裔地位平等，互相尊重，互不干涉。

雙方共用這片星球，共同擁有海洋、天空與大陸。

任何一方不得挑起戰端。

為應對未來不可預知的災難，雙方有責任促進彼此血脈融合。

南極作為永久的保留地，繼續凍結任何一方的主權申請。

只是在那之後，他們將南極海域換了一個名字。

——鯨之海。

為什麼？

或許是為了紀念，在這個星球得到拯救的那一夜，響徹在全世界的鯨之歌吧。

我從來不會憎恨誰。

因為我愛著別人，也被人愛著。

第七十一章　未來

越過赤道，游過亂流，頂過風浪，在這個月明星稀的晚上，他終於再度回到了最初相遇的地方。

「大白，你看。」白璟道，「從這裡看星星，好像距離更近了呢。」

星辰對他眨著眼，而他對話的那個海裔依舊閉著眼。

他好像睡著了。

他只是睡著了。

寒冰覆蓋上他的睫毛，凝了一層銀白的霜，白璟輕輕用手拂過，感受著睫毛在手心搔過的微癢感，不禁輕笑。

原來像大白這樣強硬的性格，身上也有這麼柔軟的特徵。

其實還有很多。白璟想，還有很多我不知道的、關於慕白的事，也有很多慕白不知道的、關於我的事……

可惜，他們已經沒有時間再瞭解。

「沒關係。」

他摟住沉睡的慕白，將頭靠在大白鯊的胸膛上。

「以後會有很多時間。」

永遠也不分開，與你相隨。

白璟緩緩閉上了眼。

此時，海底的震動甚至已經波及南極大陸，劇烈的震動將一座座冰川撼出狹長的裂縫，猶如在純白的心上撕開一個巨大的裂口。

冰層不斷剝落，墜入海中，遠處的海浪也隱隱失控，醞釀著毀天滅地的力量。

深黑的浪潮拍向天際，從天而降的驟雨如傾覆一般灌入海洋，天與海的界限不再明顯，彷彿隨時都將崩解。

丫丫緊緊抓著一塊浮冰，努力穩住笨拙的身體。小海螺牢牢吸附在牠頭頂上，以免一不小心被浪頭打散。和此時這片海洋裡的大多數生物一樣，面對來自星球的暴動，牠們已經漸漸承受不住。

「啾噠？」

海螺突然叫了一聲，牽動著企鵝看向牠們跟隨著的一鯨一鯊。細微的銀芒正從白璟身上散發出來，像是深海中的螢火蟲，點點飄散，充盈在四周。白璟卻紋絲不動，他與慕白緊緊相依，像是睡著了一樣。

「啊嗚？」

看見這陌生的景象，丫丫著急地伸翅去推白璟。

然而白璟的觸感，就像是被冰凍已久的海魚，僵硬而冰冷。

銀芒突然大盛！以白璟與慕白為中心，凝聚成一個銀色漩渦，漩渦越擴越大，升上半空，逐漸形成巨大的銀色龍捲風。

若是此時有人從太空望向南極，必定會看到這裡的異象。

滿布天空與海洋之間的銀色微塵漸漸濃郁，像是旋轉的銀色音符，從天空到天空，從海洋到海洋，在雲層之間穿插而過，從碎裂的冰川中緩緩流逝，奇蹟般地，撫平了這些傷痕。

然後它們向天空飛去，似乎要穿越宇宙，親吻星辰。

企鵝被眼前的奇景驚呆了，沒發現白璟與慕白，緩緩沉入了海中。

銀色的光隨著他們一同沉下，海水旋轉著他們擁抱在一起的身軀，彷彿在跳一曲優美的華爾滋。

睡夢中的華爾滋。

白璟做了一個夢。

他夢見自己與慕白初見的時刻，夢見了大白鯊與虎鯨群的戰鬥，夢見了慕白在他面前與水母共舞。

這一次，他們沒有因為與美軍戰鬥而分開，他沒有登上陸地，沒有遇上路德維希，沒有去過亞特蘭提斯；慕白沒有再使用能力，沒有一次次地戰鬥，沒有獸化。

他們在海中暢游，白璟跟著大白鯊學習狩獵，學著避開海底火山爆發的海域，學習什麼是狩獵而不是獵殺。

在慕白那雙透澈的黑眸看向自己的時候，他沒有退縮，而是輕輕地湊上去，笑

著說了一句──

「我也喜歡你。」

銀芒在他們身邊旋轉，兩人墜入更深的海底。白環嘴角帶著笑容，眼角濕潤。

初代普飛亞曾經對某個人說過無數次的話，無論它有再多的含意，其實每一次說出來，只有一個意思。

「阿薩維亞。」

我喜歡你。

兩人沉入深海，落入上古的海墓中，漸漸消失了身影。

直到一陣耀眼的藍芒亮起。

「阿薩維亞。口令正確。偵測到瀕死生命體兩名，治療程序啟動……」

白環似乎又做了一個很長的夢，他已經分不清是夢還是現實。

夢中，他依舊站在那天的沙灘上，看著普飛亞與X的對話。

「人類與海裔。」X說，「如果雙方真的發起戰爭，你會偏向哪一方，普飛亞？」

初代看著他，露出一個無奈的笑容。

「算了，我差點忘記你本來就是海裔，還問你這麼愚蠢的問題。只是，你能不能答應我一件事？無論以後是哪一邊先挑起了戰爭，絕對不要太過懲罰任何一方，不要讓他們的矛盾不可調和，可以嗎？」

X笑著，看著頭頂的星空。

「這個宇宙很大，你永遠不知道，未來這顆星球還會遇到什麼。你就當作是為了有一天在面對這片星空時，人類與海裔不至於太過孤獨，不至於孤立無援。」他望著星空，帶著懷念與感嘆，「既然因緣巧合讓我來到了這裡，這就是我的使命。即使我們不在，也會有人替我們實現使命。」

白璟看見他們的身影越來越遙遠，兩人離開了沙灘，那段歲月也凝固於過去。然後便是毀滅亞特蘭提斯的天災，人類與海裔遭受重創，X與普飛亞分別。

「你要等我！」X大聲道，「海洋之心還沒調整好，我需要回去一趟！我能夠解決這些問題，也能解決它給你帶來的後遺症，你要等我！我會回來的！」

我會回來的。

然後這一等待便是許久。

當初代送人類越過海洋前往另一片大陸，X沒有回來；當他目送僅剩的海裔一個個登上陸地，再也沒有回到海洋，X也沒有回來；當他的時間逐漸用盡，身體不再像以往強壯，X還是沒有回來。

最後，他等在他們初遇的那片海域，靜靜地躺在海底，透過數千公尺深的海水，想要看透那遙遠的夜空。

直到他閉上眼，等待的那個人還是沒有回來。

然而白璟知道，最後那個人回來了。帶著海洋之心，一起與初代沉睡於海底——那具棲息在巨獸屍骸裡的人類骸骨。

「假如有人繼承我們的遺志，我希望，他能明白我離開與回來的含意。我已經錯過了、失去了太多，不想讓更多的人犯下錯誤，所以我帶回一個希望。如果要給這個希望定下名字，我為它取名——阿薩維亞。」

永恆，永遠，唯一。

真摯的愛。

不要讓仇恨迷茫了你的眼睛。

阿薩維亞，阿薩維亞，阿薩維亞……

慕白、母親、白家的眾人、嘶嘶噠。

阿薩維亞，阿薩維亞，阿薩維亞……

衛深、李雲行、李雲婷、白圭。

猙獰扭曲的路德維希。

許多臉龐在腦海一閃而逝，熟悉的、陌生的、仇恨的、愛護的、憐惜的、歉疚的，難以言表的情感充塞胸膛。

最後閃現的臉龐，有著完美無瑕的容貌，眉毛總是不愉快地輕挑著，好像時時刻刻都在生氣，而雙眼睛卻比誰都專注，似乎在望著這世上最重要的事物。

——慕白。

白璟忍不住伸出手，擁抱這個幻影，將臉埋在他頸間。

慕白，如果一切能夠重來，我一定對你……

「對我？」

咦？

「對我怎樣？說啊。」不滿的聲音。

……見鬼了！

白璟嚇得鬆開手，脖子突然感到一痛，原來是慕白狠狠咬了他一口。

「如果重來，你就能對我專一一點，不再對別的雄性擠眉弄眼？」

白璟憤怒：「我什麼時候對別的雄性——」

「嘶嘶噠、路德維希、李雲行、白圭……還有ㄚㄚ。你和他們哪一個沒有過親密接觸？」

「ㄚㄚ也能算嗎？牠是一隻企鵝！你管得這麼寬，要不要管管我吃的魚是雄的還是雌的，我吃蟹膏你要不要管啊？」

慕白的眉毛擠在一起了：「你還想吃別的雄性的精子！」

我靠，你能不能不要這麼重口，好好的蟹膏被你說成什麼了！我……等等……

白璟突然清醒過來：「大白？」

「如果你真敢吃雄蟹的精子，我就捕殺這海裡所有的海蟹。」

「……大白！」

「要吃也只能吃我的。」

「大白！」

「嗯？」慕白回頭看他，「怎麼，你現在就想吃嗎？痛！幹什麼？」

白璟狠狠掐了他一下，又狠狠掐了自己一下：「我不是在做夢！我還活著，你還活著？我不是在做夢嗎？」

慕白靜靜看著他，黑色的瞳孔突然狠狠跳躍了一下，他伸出手握住白璟。

「不是夢。我的心跳，你聽。」

他將白環的手引到自己的胸膛，「從它再次開始跳動的那一刻開始，就只為了你。」

感受著那片胸膛下的心跳，白環忍不住淚流滿面。

「可是，我們……你，普飛亞的繼承儀式不是……」

「它只能存在一個活著的首領，所以我只能選擇『死亡』。但是我說過我會跟著你，就不會食言。」慕白問他，「你還記得嗎？希望。」

X說過，他為未來帶回一個希望。

「每一代普飛亞都在找尋它，沒想到，最後是你找到了這個希望。」慕白輕輕吻了白環的額頭，「所以我能恢復意識，都是因為你，你找到了海洋之心的希望。」

「如果我找不到呢，如果我失敗了呢，如果我最後沒有選擇陪你一起走呢，如果『希望』找到了也沒有救到你呢！」白環憤怒道，淚水從臉頰流下，「你就要丟下我一個人嗎？」

「對不起，對不起……」

慕白緊緊抱著他，吻去白璟臉上的淚水，苦澀的味道刺痛了他的心。

許久之後，白璟終於從大悲大喜中恢復過來，戀戀不捨地端詳著慕白，開口問道：「所以我們能活下來都是因為『希望』。這個希望究竟是什麼，它一直藏在海洋之心裡，之前就沒有被找到過？」

「我不知道。」慕白說，「這是X留下的祕密。」

X，想到這個有著太多祕密的人，白璟一嘆：「我早就覺得他是個外星人……」

慕白不明白：「什麼？」

「沒什麼，我只是感嘆最後初代沒有等到X回來的那一刻。」白璟唏噓道，「不是所有人都像我們這麼好運。」

「我要感謝他們，因為他們把好運留給了我。」慕白看著他，「我找到了你，你也找到了我。」

白璟看著大白鯊，看著他又重新恢復光彩的銀髮，看著他強壯而健康的身體，心裡滿是失而復得的喜悅。

「我也要感謝他們。」白璟輕聲道，「因為他們讓我遇見這片海洋，也讓我遇見了你，還有——」

白璟微微一笑，附到慕白耳邊，說了一句他藏在心底好久的話。

語音未落，大白鯊閃爍的銀芒閃耀得更甚，眼中跳躍的星子之美，勝逾整座星空。

「我早就知道了。」慕白傲慢道，「你一開始就勾引我，就是這個原因。」

「是是是，是我勾引你。」

「還總是故意引誘我。」

「……都是我的錯，我保證以後再也不犯了。」

「偶爾為之就沒關係。」

「你再傲嬌我就收回那句話！」

大白鯊得意搖擺的尾巴一頓，連忙向藍鯨解釋。

在他們身後，史前的巨大遺骸旁，藍色的海洋之心散發著淡淡的光芒。

一明，一滅，一閃，一逝，循環往復。生死，輪迴不止。

時光流逝，萬物唯靜。唯有你，還在我身邊。

幾年後，白璟帶著慕白見證了人類與海裔在南極進行的簽字儀式。他們沒有出面，而是躲在暗處。

看著曾經爭執得不可開交的兩族鄭重簽下合約，白璟心裡百感交集，這也算是達成了X的心願了吧！

他們看到了很多熟人，有李家兄妹，有衛深。

「你不出去見他們？」慕白問，語氣有些古怪。

「不了。在他們心裡我已經死了，那就讓他們一直這麼以為吧。」

白璟看見了衛深，這個初次見面時還精神奕奕的長者，如今滿頭白髮，身軀佝僂，眼神透露出灰敗的色彩。如果不是毅力支撐著，他根本無法到達南極。

白璟心裡複雜難言。他不知道該怎麼面對這個算計了自己，又真誠對待過自己的長輩。或許，讓他一輩子活在對自己的愧疚中，就是對衛深最好的懲罰。

而路德維希，這次前來簽字的海裔代表沒有他。這位極端海裔種族者，怕是還沒有從打擊中恢復過來。

路德維希想要知道亞特蘭提斯文明毀滅的真相，他認為是遭受了人類的侵害所致，白璟卻告訴他，一切咎由自取。

「當年的海裔，與現在的人類沒什麼不同，所以他們都遭受了懲罰。」

對於這個一直以脆弱的優越感支撐自己妄想的男人，這個真相足以毀滅他一切的信仰，碎裂他生存的基石。他一直引以為傲的不是神，不過同是螻蟻。

所以，螻蟻和螻蟻，還是互相幫助比較好。

白璟一時想了很多，沒注意到身旁慕白的眼神越來越不對勁，直到他察覺附近海域的溫度低得不正常，才注意到慕白。

「你看著他們那麼久，在想什麼？」慕白質問，恐怖的陰雲在他眼中聚集。

然而，對付這個傲慢又愛吃醋的伴侶，白璟早已經得心應手。他捧住慕白的下巴，狠狠吻了一口。

「想你啊！」

說罷，他一甩尾巴，提前溜出老遠，遠遠喊道：「如果你能追到我，今晚就是你說了算！」

慕白眼裡的陰雲瞬間化為熊熊火焰，動力十足地開始追趕。

一鯨一鯊嬉鬧著遠離南極大陸，向無盡之海游去。

陸地上，嘶嘶噠突然回頭，望著海洋若有所思。

「怎麼了？」白圭問。

「沒。」虎鯨微微提起嘴角，「只是發現，今天天氣不錯。」

天色正好，陽光穿透雪白的雲層，灑在蔚藍海面上，落入海中化為星星點點的碎芒。

深海裡，海洋之心閃著剔透的光芒，兩具迥異的骸骨靜靜依偎在一起。從凌晨到凌晨，從上一個世紀到下一個世紀，亙古不變。

我將希望帶給未來。

我把心留給你。

——《鯨之海04》完

——《鯨之海》全系列完

番外一

海邊。

正是一年旅遊高峰時期，放眼望去，狹長的海岸線像下水餃一樣擠滿了人，海水裡，人的密度似乎比水的密度還要高。

一切和每個尋常的假日似乎沒有什麼不同。

除了，海水裡那些長相奇異的人，他們有的雙頰生鰓，有的手臂上長著鱗片，有的像鯊魚一樣在海裡潛游，只有一片背鰭浮出水面。

他們有一個共同的名字，海裔。

三年前，各地政府公開承認海裔的存在，這個人類以前一無所知的新種族一下子躍上舞臺。

他們有著和人類極為相似的外表，有著自成一系的體系和文化，甚至有著不低於人類的智慧和情商！

最關鍵的是，海裔普遍長得很好看，加上他們神祕的氣質和淒慘的身世，很快就博得了大部分人類的同情。因此，在最初艱難的幾個月後，多數人都接受了這個新種族的存在。

然而，比起民間的平和過度，海裔和人類政治領袖達成的複雜協定，很少有人知道。

與各方勢力辛苦博弈到了現在，海裔已經能夠以公民身分，正式出現在社會。整個社會都在表明，他們正在努力接受這個新種族，一連串調整都在進行。

各國政府機構設立了對海裔交流處，一些學校率先建立了海裔特殊班，部分醫療機構更是開始研究海裔血脈中的遺傳基因，以求徹底治療導致他們瘋狂的病症。

和海裔有千絲萬縷聯繫的人類家庭，對於這項改變樂觀其成。他們其中，或者父母子女，或者戀人朋友，曾經因為海裔的身分而受到迫害和威脅，如今一切過去，新生取代了苦難。

然而，為了這來之不易的和平付出了性命的人，卻永遠在深海中閉上了眼睛。

噗，一個氣泡冒出水面，一個年輕人浮上了海面，身體一動不動。

海邊巡視的救生員發現異樣，飛速地從岸邊狂奔，一個縱跳，潛入海中以人類遠遠不可能達到的速度游向溺水者。

這位救生員顯然是一位海裔，他的皮膚異常光滑，雙腿曲線弧度顯然更適應海流。

「喂，你沒事吧？」

救生員緊張地游到年輕人身邊，心想要不要做個人工呼吸，而上一秒還呈現「溺水狀」的年輕人，卻一下子從水中抬起了頭。

「呼啊，我憋了多久的氣，大白？」

「用人類的時間來計算，一分三十秒。並不是十分出色的成績。」

救生員驚訝地回頭，這才看見在年輕人身旁，竟然還站著另一個海裔。他有著在海裔中也很少見的銀色長髮，深色的眼睛望了過來。

海裔救生員忍不住打了個寒噤。

——這是一個高階海裔，自己遠遠不是對手！

救生員立刻意識到這點，下一秒，他心裡的畏懼又被憤怒取代。

他對著年輕人吼道：「你在做什麼？不知道在海水中閉氣很危險嗎？你是……你是人類？」

顯然，有一位高階海裔在身旁，救生員也不太確定這個年輕人的身分了。

「啊，抱歉抱歉。」

年輕人道歉：「我在和我的同伴玩遊戲，沒想到會讓你誤會。我只想試試以人類的身體，究竟能在水中閉氣多久。」

救生員沒注意到「以人類的身體」這個古怪的說法，只以為對方是承認了人類的身分。他有氣無力地道：「我不管你在玩什麼把戲，總之，這裡是我的負責區域，別鬧出事故。」說著，又狠狠瞪了年輕人一眼，「就算有你的海裔朋友在旁邊看著也不行，人類的身體很脆弱的！」

他又氣呼呼地嘮叨了幾句，才在年輕人的再三保證下離開。

在他離開後，年輕人看著救生員的背影，饒有興致道：「他是……」

「海豚系。」身後的銀髮男子道。

「哦，這個血統很適合做救生員呀，真是適合他的工作。」年輕人笑了笑，「好了，大白，你別一天到晚愁眉苦臉的，好像誰欠了你錢一樣。」

大白，或者說慕白，沉著臉看著年輕人——白璟，聲音微微嘶啞：「你向我保證過，不會再來到人類社會。」

他下半身一直埋在齊腰的海水中，此時，似乎是因為情緒激動，海水微微晃動，露出了一段若隱若現的銀灰色魚尾。

強大的尾鰭不耐煩地攪動著水面，附近十公尺的海水都因為他不經意的動作，開始醞釀不祥的波動。

白璟眼皮一跳，連忙一把抱住慕白，像安慰孩子一樣拍著他的後背。

「我沒說要回人類社會啊。你看，我只是想回來看看，而且這裡也有很多海裔，他們不會發現我們的。」

「你變成了人類的模樣。」慕白盯著白璟的下半身——一雙完美的人類的腿，「難道不是想藉機上岸看一看？」

「呃……」被說中了心事的白璟有點心虛，又掩飾道：「別亂說，我只是好久沒用人類的身體活動，想要鬆鬆筋骨罷了。」

「真的？」慕白瞇著眼，深色的眸子裡風雲變幻。

「比真金還真！而且你看，我變成人類對你也有好處。」白璟恬不知恥暗示道，「你難道不想知道用人類的身體，和用魚尾時，有什麼不同？」

「不同？人類的身體？」慕白上下打量了他一番，目光停留在白璟修長的雙腿、渾圓的臀部，以及臀部之間若隱若現的縫隙……

「大白！大白你怎麼了，怎麼在流鼻血？」白璟一邊大驚小怪地叫著，一邊壞笑著調戲慕白。

雖然使用的方式上不得檯面，但他成功地轉移了話題，不是嗎？

而很快，他就為自己此時膚淺的慶幸付出了代價。

「嗎呀！」

身後傳來一聲驚呼，還沒游開多遠的救生員回頭，瞬間睜大了眼睛。

剛才那個令魚畏懼的銀髮海裔，此刻用力抱著那個年輕人，兩人的雙唇密不可分地聯繫在一起，身體更是毫無縫隙地緊貼著磨蹭。

救生員頓時臉紅了，原來、原來他們是那種關係！

海水浴場裡的其他人也看到了這一幕，有人吹起了口哨，有人暗嘆世風日下，還有人捧著臉發出不明的怪叫。

「媽媽，那個兩個哥哥在做什麼？」一個人類和海裔混血的小男孩，牽著母親的手問道。

他的母親，一個純種的人類溫柔笑道：「他們在表達愛意。」

「就像妳和爸爸一樣嗎？」男孩又問。

在母子身邊，沉默的海裔男人微微一愣，用自己的尾巴將男孩和他母親一起捲在懷中。

「你說的沒錯，寶貝，就像我們一樣。」

海裔丈夫與人類妻子對視一眼，眼中滿滿是幸福與珍惜。

天知道，就在前幾年，海裔的動亂剛剛興起，他們這個跨種族結合的家庭過得有多不容易。能有現在的生活，一切都要感謝那位偉大的——

「那他們能生小寶寶嗎？」

被夾在中間的男孩，突然很煞風景地插了一句。

「嗯，這個……」母親為難了一下，「或許不能吧。」

「為什麼？既然他們相愛，為什麼不能生小寶寶？難道是他們親親的次數不夠多？要像爸爸媽媽一樣，每天都親親十幾次才能生小寶寶？」

看著懷中妻子羞怯的臉色，海裔丈夫俯下身抱緊了孩子，輕聲道：「因為他們有彼此就足夠了，就像偉大的海神普飛亞和他的愛人那樣。」

另一邊，一吻完畢，白璟臉上的紅暈漸漸褪去。他抱著自己失而復得的愛人，輕聲道：「聽見了嗎？偉大的普飛亞。不對，明明最後是我繼承了你的統領之位，現在的普飛亞是我才對。」

慕白注視他，眼中的深情幾乎滿溢。

「是的。」他低頭，親吻白璟的眼睛，「我的海神。」

白璟眼帶笑意，用力地吻了回去，就像在親吻整個世界。

當救生員再次想起他們的時候，回首望去，除了微起波瀾的海面，再也不見半個人影。

大海深處，海神和他的愛人，正一同暢游在這無人打擾的世界。

十年，二十年，一百年。

直到他們的靈魂與血肉，與這片海洋化為一體。

直到他們再也無法分離。

——番外一完

番外二

我從哪裡來？

對於很多人來說，這是一個非常簡單的問題；對於部分人來說，這是一個深奧的哲學問題。

而對於已經在這個世界遊蕩了數年的西里硫絲來說，這是一個沒有標準答案的問題。

「你從天上來。」

當他將煩惱告訴普飛亞時，這位擁有龐大身軀的海神直白又懵懂地回答。

「你是從天上掉到我背上的。」

彼時，他們正在古地球的海域中巡游。

大海是一切生命的搖籃，所有在未來成為傳說的史前生物，此時都還在海洋裡活躍著，普飛亞則是牠們之中最強大、雄偉的一個。

這時候還沒有文字，沒有高樓大廈，沒有一艘艘飛向宇宙的飛船，也沒有絢爛奪目的人類文明。

西里硫絲笑著摸了摸普飛亞的大腦袋——當然，他摸到的只是非常微不足道的一部分。

「你就當我是從天上來的吧。」他沉默了一會，又問，「那你呢，普飛亞，你有想過自己是從哪裡來的嗎？」

雖然普飛亞的智商很高，想法卻相對簡單，他很少思考這些問題。

他們巡游到了一片古代大陸板塊的邊緣，再往前，海神龐大的身軀就不能接近了。附近的海域冒出蒸騰的熱氣，海洋生物紛紛遁走，西里硫絲緊緊趴在普飛亞的大腦袋上，須臾，他感覺身下的觸感變了。

一雙結實有力的大手緊緊地環抱住他。

「我沒有想過這個問題。」

低沉的男聲從西里硫絲耳後傳來。

「從睜開眼，我就在這個星球上遊蕩。不孤獨，卻沒有其他存在能與我交流，直到你出現。」

身後的人微微低頭，西里硫絲便看到一縷白金色的長髮垂落到自己眼前。

「直到你喊我『普飛亞』，我才有了自己的姓名。所以，從哪裡來根本不重要。」

重要的是你。

這句未說出口的話，在兩人心間隱隱浮現。

西里硫絲跳到陸地上，看著身後高大英俊的男人，看著他熟悉又陌生的容顏，看著他在夕陽下染成紅色的白金長髮。

多麼戲謔的一幕啊！在這顆原始的星球，他竟然遇到了以前從未幻想能得到的東西。

即便賜予他這份禮物的「人」還意識懵懂，即便他腳下的這顆星球離自己的家鄉有千萬光年，即便他再也不能回到故國，回到他「出發」的地方。

但在這一刻，西裡硫絲莫名覺得這沒有什麼不好。

「我要送你一份禮物。」

「禮物？那是什麼？」普飛亞問。

「你會知道的。」西里硫絲牽著他的手往前走，「等我把它送到你面前，你就會知道。它是這顆星球的未來，是你的新生，也會是永恆。」

它是最珍惜的寶石，也是最珍貴的希望。

阿薩維亞，阿——

「啊啾！」

白璟打了個噴嚏，用力揉了揉鼻子。

「我是不是感冒了？」

在他身邊悠游的大白鯊似乎翻了個白眼。天天在海裡泡著的人，早就適應了溫度變化的海裔，怎麼可能感冒。

牠用吻部輕推白璟，示意他繼續往前。

「好了，好了，我知道了，別催我。」

今天是清明，他們是來掃墓的。一年一次，他們會下潛數千公尺，來到這座沉寂已久的海底墓場。

因為慕白原形龐大，即便化成半人鯊也有兩公尺多的體長，所以有比較狹窄的地方，只能讓白璟化成人形鑽進去。

在海底化成人形，這可是白璟最新領會的本事，他為此洋洋得意了好一陣子。畢竟，這是他唯一一個可以贏過慕白的本領。

「哎呀，差點迷路了。」

白璟翻過層層白骨，爬上又爬下，像是在迷宮裡穿梭一般在海底巨獸的屍骸間前進。如今，他再也不會像初次見面時那樣，對這座墓場充滿畏懼。

對於白璟和慕白來說，這裡既是他們初次相遇的地方，也是給予他們新生的地方，意義非凡。

「嘿咻，到了！」

又翻越過一根巨大無比的骸骨後，白璟終於抵達了目的地。

周圍數十公尺高的骨架形成了一個天然的頂棚，在這之內，一具泛黃的人類骸骨靜靜躺在海底。它依偎在巨獸的骸骨旁，即便死亡也不願離去。

白璟默默站了一會，拿起手中用海藻和貝殼編成的花環，放在骸骨身前。

好久不見，X。他在心裡默念，謝謝你救了我和大白。如果有來生，希望你能和你的普飛亞在另一個世界相遇。這一次，希望你們能夠幸福。

他想著之前斷斷續續看到的有關普飛亞與X的記憶，想著他們相遇、分離與永別。

命運是多麼捉摸不透的東西，它能讓素不相識的人相遇，也能讓深愛的人永別。

大白鯊在旁邊不耐煩地繞著圈，不時用尾巴甩起波浪。

「來了來了！」

白璟只能匆匆離開。

趴在大白背上的時候，他突然能想到了一個永恆的問題。

如果命運註定如此迷離，那麼未來我到底將去向何方？

我和大白，究竟是會有一個圓滿的結局，還是會像少年X和初代普飛亞一樣，遭遇命途的不測？

「大白，你有沒有想過自己未來要做什麼？」他忍不住出聲詢問。

「沒有。」慕白冷冷道，「我只關心眼前。昨天某個傢伙吃到了喜愛的磷蝦，答應獎勵我，卻食言了。」

「哎？」白璟臉一紅，摸了摸自己的腰，心虛道，「因為今天要出來掃墓嘛，我不是故意抵賴的。」

「今天彌補我，獎勵翻倍。」

「不，不！這不好吧！」

「那你就是食言。」慕白不滿。

「天啊，你饒了我，饒了我的腰吧——」

白璟再無暇分心想那些有的沒的了。

有最親愛的大白鯊在身邊，他還去思考那些形而上的東西做什麼？
重要的不是過去，也不是未來，而是現在，有你在身邊。

——番外二完

高寶書版集團
gobooks.com.tw

BL026

鯨之海04(完)

作　　者　YY的劣跡
繪　　者　あさ
編　　輯　林紓平
校　　對　任芸慧
美術編輯　彭裕芳
排　　版　彭立瑋
企　　劃　方慧娟

發 行 人　朱凱蕾
出　　版　英屬維京群島商高寶國際有限公司臺灣分公司
　　　　　Global Group Holdings, Ltd.
地　　址　臺北市內湖區洲子街88號3樓
網　　址　www.gobooks.com.tw
電　　話　(02) 27992788
電　　郵　readers@gobooks.com.tw（讀者服務部）
　　　　　pr@gobooks.com.tw（公關諮詢部）
傳　　真　出版部　(02) 27990909　行銷部 (02) 27993088
郵政劃撥　50404557
戶　　名　三日月書版股份有限公司
發　　行　三日月書版股份有限公司/Printed in Taiwan
初版日期　2019年 9 月
三刷日期　2020年11月

國家圖書館出版品預行編目(CIP)資料

鯨之海 / YY的劣跡著.-- 初版. -- 臺北市：高寶國際, 2019.09-
冊；　公分. --

ISBN 978-986-361-720-4(第4冊：平裝)

857.7　　108010400

三日月書版

三日月書版

GOBOOKS
& SITAK
GROUP©

GOBOOKS & SITAK GROUP©